THE
COLLECTED SHORT
STORIES OF
A.P.CHEKHOV

契诃夫短篇小说集

[俄] 契诃夫　著

李辉凡　译

北方文艺出版社

目录
CONTENTS

迟开的花朵

献给尼·柯罗包夫[①]

一

事情发生在秋天一个阴郁的午后，在普里克朗斯基公爵的家里。

年老的公爵夫人和玛露霞公爵小姐在年轻公爵的房间里站着，绞着指头在求他。她们一次一次地提到基督和上帝、荣誉、父亲的遗骸，只有不幸的、哭哭啼啼的女人才会这样地苦苦哀求。

公爵夫人一动不动地站在他面前哭泣。

她不停地哭，不停地说，打断玛露霞的每句话，还对公爵大加责备，时而说出许多刻薄的甚至是骂人的话，时而又对他表示温存体贴，并提出各种各样的要求……她成千次地提到商人富罗夫如何向她们逼债，提到她们已故父亲的骸骨如今如何的在棺材里不得安宁，等等。她甚至还提到了托波尔科夫医生。

普里克朗斯基公爵一家从前是瞧不起托波尔科夫医生的。他的父亲森卡是农奴，是已故公爵的近侍；他的舅舅尼基福尔至今仍是叶果鲁什卡的近侍。而托波尔科夫医生本人，童年时因为没有把公爵家的刀叉、皮鞋和茶炊等擦干净而被他们打过后脑勺。可是现在怎么样呢，岂不荒唐？他竟然成了一位名声显赫的青年

① 柯罗包夫是契诃夫的大学同学、好友。

医生，像老爷一样住在一所非常大的房子里，出门坐双套马车，好像要故意刺激一下普里克朗斯基家的人似的，因为他们现在出门都是步行了，即使雇马车，也得讨价还价半天。

“大家都尊敬他，”公爵夫人哭哭啼啼地说，也不拭眼泪，“大家都喜欢他。他有钱，又是个美男子，到处受到款待……他就是你的仆人尼基福尔的外甥！说起来真丢人！为什么呢？因为他品行很好，不纵饮作乐，不同坏人交往……从早到晚地工作……可是你呢？我的上帝啊！天哪！”

公爵小姐玛露霞是一个二十岁上下的姑娘，她长得俊俏，像英国小说里的女主人公一样，有美丽的亚麻色卷发，一双又大又聪慧的眼睛，颜色宛若南国的天空。她也费了不少力气恳求她的哥哥叶果鲁什卡。

她跟母亲同时抢着说话。她吻她哥哥刺人的、散发着酸臭酒气的唇髭，抚摸他的秃顶和脸颊，像受了惊吓的小狗一样，依偎着他。她说的全都是温柔亲切的话，公爵小姐不会对哥哥说一句哪怕是近似带刺的话。她非常爱哥哥。退伍骠骑兵叶果鲁什卡公爵是最高真理的表达者，最高美德的模范！她相信，而且狂热地相信，这个酗酒的蠢货有一颗神话中的仙女都会羡慕的心。她认为他是一个不得志的人，没有被人理解、没有得到承认的人。她几乎带着兴奋的心情原谅她哥哥的酗酒和放荡行为。可不是吗！叶果鲁什卡早已让她相信他是由于痛苦才喝酒的：他是要用葡萄酒和白酒去淹没燃烧他心灵的绝望的爱情，他投入那些淫荡女人的怀抱是为了竭力要从他那骠骑兵的脑袋里把她美丽的形象排挤出去。而又有哪一个玛露霞，哪一个女人不认为爱情是可以使一切得到原谅的无比正当的理由呢？哪一个女人不是这样呢？

“乔治！”玛露霞说，依偎着他，吻他那长着枯瘦的红鼻子的脸，“你是由于痛苦才喝酒，这是实话……不过，既然是这样，你就把一切痛苦都忘掉吧！难道所有不幸的人都得喝酒吗？你忍耐点，勇敢点，克制自己一下吧！做个英雄好汉！像你这样有才智，这样正直而又有爱心的人是能够经得住命运的打击的！啊！那些不得志的人，都是那么懦弱……”

于是玛露霞想起了屠格涅夫的罗亭（请读者原谅她吧），并开始对叶果鲁什卡议论起这个人物来。

叶果鲁什卡公爵躺在床上，两只发红的兔子眼睛望着天花板。他头脑里乱哄哄的，不过肠胃里却有一种酒足饭饱的愉快感。他刚吃完午饭，喝了一瓶葡萄酒，这时吸着三戈比一支的雪茄烟，正在享福呢。在他的迷糊的大脑中和痛苦的内心里萦绕着最杂乱的思想和感情。他可怜哭哭啼啼的母亲和妹妹，同时又很想把她们从房间里赶走，因为她们妨碍他小睡一会儿，打一会儿呼噜……他很生气，因为她们胆敢教训他，同时他又受到（大概也是很小的）良心的小小的谴责。他愚蠢，但也还没有愚蠢到看不出普里克朗斯基家的确已经败落了，而且这部分就是由他造成的。

公爵夫人和玛露霞恳求了很久。客厅里的灯已经亮了，来了一个客人，而她们却还在恳求他。最后，叶果鲁什卡由于躺着不能睡觉，心烦了。他伸了个懒腰，骨节咯咯作响，说：

“好了，我改过就是了！”

“这话是真心真意的吗？”

“说假话就让上帝惩罚我好了！”

母亲和妹妹一把抓住他的双手，逼他再一次对上帝起誓，凭人格起誓。叶果鲁什卡就再一次对上帝起誓，说如果他再不停止这种乱七八糟的生活，就当场让雷劈死。公爵夫人又要他吻圣像，他也就吻了圣像，并在胸前画了三次十字。总之，他做得十分地道。

“我们相信你！”公爵夫人和玛露霞说，并扑过去拥抱叶果鲁什卡。

她们相信了他。可不是，最真诚的话，殊死的发誓，对圣像的吻，这些加在一起，怎么能不相信呢？况且，哪里有爱，哪里就有不顾一切地信任。她们复活了，两人都喜气洋洋，如同犹太教徒庆祝耶路撒冷复兴一样庆祝叶果鲁什卡的新生。她们送走了客人之后，便在一个墙角坐下来，小声地谈论着她们的叶果鲁什卡将如何的变好，如何的过新生活……她们断定，叶果鲁什卡将来前途无量，会很快改变她们家的境况，她们就再不会像现在那样极端贫穷了。这贫穷是一条讨厌的鲁比肯河①，凡是挥霍了家产的人都不能不渡过它。她们甚至断定叶果鲁什卡一定会娶一个有钱的美人，因为他是那么漂亮、聪明，而且门第显赫高贵，未必能够找到一个胆敢不爱他的女人！结束时，公爵夫人还讲述了祖先的家谱，而叶果鲁什卡也很快就会开始效法祖先。普里克朗斯基的祖父是公使，会说欧洲各国所有的语言；父亲是一个著名军团的司令官……而儿子将来也会……将来也会……会做什么呢？

“您一定会看见他将来做大事的！”公爵小姐断定说，“您一定会看见的！”

她们上床睡下后，又谈了很久关于他的美好的前程。她们睡熟后，又做了许多令人神往的梦。她们在睡梦中还幸福地微笑——这些梦太好了！这些梦多半是命运用来补偿她们第二天所经受的那些惊恐的。命运并不总是吝啬的：有时它还提前付给你一些恩惠呢。

深夜三时许，公爵夫人正好梦见她的宝贝儿子穿着豪华的将军制服，而玛露霞则正在梦中为她那发表演说的哥哥鼓掌。这时普里

① 意大利的河名。古罗马恺撒曾不顾禁令越过这条河而引起内战。

克朗斯基家门口来了一辆普通的出租马车，马车里坐着花卉饭店的仆役，他怀里抱着醉得跟死人一样的叶果鲁什卡公爵的高贵身体。叶果鲁什卡已完全失去知觉，在仆役的怀抱里摇摇晃晃，活像一只刚宰好送往厨房里去的鹅。马车夫从车座上跳下来，拉了拉大门口的门铃。尼基福尔和厨师付了车费，便把醉汉的身体抬上楼去。老尼基福尔既不惊讶，也不害怕，用习惯了的手势脱去那不会动弹的身体上的衣服，把身体放进羽绒褥子里头，盖上被子。仆人们一句话也没有说，他们早已习惯了自己的老爷变成必须抬上来、脱去衣服、盖上被子的东西，所以他们一点也不惊奇，一点也不害怕。叶果鲁什卡酗酒，在他们看来，已经是常态了。

第二天早晨，大家又吃了一惊。

十一点钟左右，公爵夫人和玛露霞正在喝咖啡，尼基福尔走进饭厅来，向公爵夫人报告说，叶果鲁什卡公爵的情况不妙。

“公爵大概快要死了！”尼基福尔说，“您去看看吧！”

公爵夫人和玛露霞顿时脸色煞白，白得像亚麻布一样。一小块饼干从公爵夫人的嘴里掉了出来。玛露霞碰翻了咖啡杯，双手揪住胸口，胸膛里那颗受到出其不意的打击、惊恐万分的心跳得怦怦地响。

“大概是晚上三点钟喝醉了回来，”尼基福尔用发颤的声音报告说，“像平时一样……唉，而现在，上帝才知道是怎么回事，他不断地翻身，不断地呻吟……”

公爵夫人和玛露霞互相抓扶着，往叶果鲁什卡卧室里跑去。

叶果鲁什卡脸色发青发白，头发蓬乱，瘦弱得厉害，躺在厚厚的鸭绒被子里，呼吸十分困难，全身发颤，翻来覆去。他的头和手一刻也不能安静，一直在动，不住地颤抖；口中发出一声声呻吟，唇髭上挂着一小块红色的东西，显然是血。若是玛露霞弯下腰去凑近他的脸的话，她就会看见他嘴唇上有一个小小的伤口，并且上颌缺少了两颗门牙。他全身都冒着热气和酒精气味。

公爵夫人和玛露霞跪着扑到他身边，放声大哭。

“他的死，是我们的罪过！”玛露霞说，捧着自己的头，“昨天我们责备他，使他伤心了，于是就……他受不了这种责备！他的灵魂很柔弱。我们对不起他，妈妈！”

她俩感到负疚，睁大眼睛，全身发颤，互相紧偎着。只有那种看见头顶上的天花板噼啪地发出可怕的碎裂声，马上就要塌下来，劈头盖脸地将自己砸得粉碎的人，才会这样地颤抖，这样地互相依偎着。

厨师想起来了，便跑去请医生。医生伊万·阿多尔福维奇来了，他个子矮小，有个大大的秃顶，愚笨的像猪一样的小眼睛和一个滚圆的肚子。大家见到他很高兴，就像见到了亲爹一样。他闻了闻叶果鲁什卡卧室里的空气，按了一下脉搏，深深地吁了一口气，皱着眉头。

“你不用担心，夫人！”他用恳切的声音对公爵夫人说，“我不了解，不过按我的看法，夫人，您的儿子没有很大的所谓危险……不要紧！”

可是他对玛露霞说的又完全不一样：

“我不知道，公爵小姐，但按我的看法……各人有各人的看法，公爵小姐，按我的看法，公爵……哼……就像德国人所说的……很糟，不过呢，一切要看……要看所谓的转变期。”

“危险吗？”玛露霞问道。

伊万·阿多尔福维奇皱起额头，又是说各人有各人的看法……她给了他三个卢布。他道了谢，有点不好意思，咳嗽一声，就走了。

公爵夫人和玛露霞镇静下来以后，便决定去请名医。虽然名医收费很高，可是……有什么办法呢？亲人的性命要比钱更贵重。厨师便跑去请托波尔科夫。不消说，医生没有在家，他只好留下一个字条。

托波尔科夫对约请没有很快做出反应。她们等着他，心里发紧，彷徨不安。等了一天，又等了一整夜和一个上午……她们甚至想派人去找另外的大夫，并决定等托波尔科夫来时，就骂他是“粗人”，而且要当面骂他，好让他下一次再不敢叫人等他这么久。普里克朗斯基公爵家的人尽管很难受，也只能在内心里愤怒。终于在第二天下午两点钟，才有一辆带弹簧的四轮马车驶到他们家门口。尼基福尔急忙踩着碎步到门口去。过了几秒钟，他极恭敬地从他外甥的肩上脱下厚呢大衣。托波尔科夫咳嗽一声，表示他的到来，对谁也没问候，便朝病人的房间走去。他穿过大厅、客厅和饭厅，对谁也不看一眼，像将军一样庄严，整个房子都震响着他那锃亮的皮鞋踏出的声音。他魁梧的身躯博得人们的尊敬。他体态端庄，高傲，仪表堂堂，五官极其端正，就像是用象牙雕出来的。他那副金丝眼镜和那张极其严肃、呆板的脸，更加突出了他高傲自负的神态。论出身，他是平民，但是平民的特点在他身上，除了极其发达的肌肉外，却几乎什么也没有。一切都是老爷的气派，甚至是绅士的气派，脸蛋红晕而漂亮。如果按他病人的恭维，甚至是非常漂亮。脖子白得跟女人的脖子一般，头发像丝一样柔软，很美，只可惜剪得太短了。托波尔科夫要是注重外表的话，他就不会把头发剪短，而是会把它卷起来，垂到领口上。他的脸很漂亮，只是过于枯燥，过于严肃呆板，除了整天工作造成的极度疲倦外，什么表情也没有，所以不让人感到愉快。

玛露霞走过来迎接托波尔科夫，在他面前绞着手指，开口求他帮忙。从前她却是从来没有求过任何人的。

“救救他吧，医生，”她说，抬起一双大眼睛看着他，“我恳求您！一切希望都寄托在您身上了！”

托波尔科夫绕过玛露霞，向叶果鲁什卡那边走去。

“打开通气窗！”他一边走近病人，一边吩咐道，“为什么不开通气窗？病人怎么呼吸呢？”

公爵夫人、玛露霞和尼基福尔都往窗子和炉子那边奔去。窗子装上了双层框，没有通气口了，炉子没有生火。

“没有通气窗。”公爵夫人胆怯地说。

“把他抬到大厅里去，那里的空气没有这么闷。去叫人来！”

尼基福尔赶忙跑到床边，在床头那边站着。公爵夫人涨红了脸，因为她家里除了尼基福尔、厨师和一个半瞎的女仆外，再也没有别的仆人了。她跑到床边，玛露霞也跑到床边，用尽全力去抬床。一个衰朽的老头和两个弱女子呼哧呼哧地把床抬起来。他们不相信自己的力量，磕磕绊绊，害怕把床弄翻了。公爵夫人的连衣裙从肩部裂开了，肚子上似乎也有什么东西脱落了。玛露霞眼前昏黑，双手痛得厉害。叶果鲁什卡真重啊！而他，医学博士托波尔科夫却傲慢地走到床后面，生气地皱着眉头，认为这些琐事占用了他的时间。他连手指都不肯动一下去帮帮两个女人！这个畜生！……

他们把床放在钢琴旁边。托波尔科夫掀开被子，并向公爵夫人提问，开始给翻来覆去的叶果鲁什卡脱去衣服。转瞬间，他的衬衣就被脱了下来。

“您说得简单一点，劳驾！这些话跟病情不相干！”托波尔科夫一边听着公爵夫人说话，一边吐字清楚地说，“无关人等可以离开这里！”

他用小锤子敲了敲叶果鲁什卡的胸口，再把病人翻过身来，背朝天，又敲了敲。他听诊时带着喘息的声音（医生听诊时总是要喘息的），诊断确定是一种单发性酒狂症。

“不妨给他穿上热病患者的紧身衣。”他用平稳的、每个字都吐得清清楚楚的语气说。

他再给了几个忠告，然后开好处方，便很快地朝门口走去。他开完处方后还顺便问了叶果鲁什卡的姓。

“普里克朗斯基公爵。”公爵夫人说。

“普里克朗斯基？”托波尔科夫反问道。

“你怎么这么快就忘记了你旧日的……地主的姓！”公爵夫人想道。

公爵夫人没敢想“主人”这个词，这个旧日农奴的身影实在太威严了！

在前厅，她走到他跟前，带着紧张的心情问道：

“医生，他没有危险吧？”

“我想没有。”

“您看，他会康复吗？”

“我想会。”医生冷漠地答道，稍稍低着头，沿台阶往下走，去找他的马车。他的马车同样体态端正而又庄严，跟他本人一样。

医生走后，公爵夫人和玛露霞在经过一昼夜的折腾以后，第一次舒畅地松了一口气。名医托波尔科夫给了她们希望。

“他多么细心，多么可爱！”公爵夫人说，她心里想为世界上所有的医生祝福。孩子有了病，做母亲的就喜欢医学，相信医学！

“这个老爷很高傲！”尼基福尔说，他在主人家里除了叶果鲁什卡的朋友、那些寻欢作乐的人和酒鬼之外，再也没有见到过别人。这个老朽做梦也没有想到，这个高傲的老爷不是别人，竟是那个满身肮脏的孩子柯尔卡，当年尼基福尔曾不止一次地揪住他的脚把他从运水车上拖下来，并狠狠地抽打一顿。

公爵夫人一直瞒着他，没说出他外甥成了医生。

傍晚，太阳落山后，被痛苦和疲倦弄得全身无力的玛露霞忽然非常厉害地打起寒战来，这寒战使她倒在了床上。寒战之后便是高烧，肋骨疼痛。她彻夜说梦话，并哼哼着说："我要死了，妈妈！"

第二天九点多钟，托波尔科夫又来了，但已不是给一个人，而是给两个人——公爵叶果鲁什卡和玛露霞治病了。他发现玛露霞得了肺炎。

普里克朗斯基家里笼罩着死亡的气氛。这看不见的、可怕的死神在两张床的床头开始时隐时现，每分钟都在威胁着年老的公爵夫人，要夺走她的孩子。公爵夫人绝望得失去理智了。

"我不知道！"托波尔科夫对她说，"我无法知道！我不是预言家。要过几天之后才能看清楚。"

他说这些话时是干巴巴的，冷漠的。这刺痛了不幸的老太婆的心。哪怕说一句有希望的话也好！好像要对她的不幸火上加油似的，托波尔科夫几乎不给病人开药方，只忙于敲打、听诊、斥责，说这里的空气不干净，压布放得不是地方，不是时候。老太婆则认为所有这些都是时髦的玩意儿，是毫无用处的东西。她白天黑夜都不停地从这张床跑到那张床，忘记了世上的一切，不断地起誓、许愿和祈祷。

她知道热病和肺炎是致命的疾病。当玛露霞的痰中带有血丝时，她以为公爵小姐已经到了"肺结核的末期"，于是她便倒在地上，昏厥过去了。

公爵小姐在生病的第七天露出了微笑，并说道：

"我好了。"

您可以想象，公爵夫人当时是多么的高兴啊！

第七天，叶果鲁什卡也醒过来了。公爵夫人见到来治病的托波尔科夫时，就像见到了半神半人一样不断地祈祷，幸福得又哭又笑，并走过去对他说：

“我感激您，大夫，您救活了我的两个孩子！”

“什么？”

“我对您感激不尽，您救活了我的两个孩子！”

“可是……现在已经是第七天了！我原以为五天就会好的。不过反正已经好了。早晨和晚上给他们吃这些药粉，这条厚被子可以换成薄一点的，给您的儿子喝点酸饮料。明天晚上我再来。”

名医点点头，迈着匀整的将军式的步子，朝楼梯走去。

二

这是一个秋天的日子，白天晴空万里，略有寒意。在这样的日子里，人们往往情愿忍受寒冷，忍受潮湿，忍受沉重的套鞋。空气如此清澈，连最高的钟楼上的一只寒鸦也能看见，空气中洋溢着秋天的气息。走到街上，您的脸颊会泛起大片健康的红晕，就像克里米亚上好的苹果。早已凋落的黄叶被人们践踏着，焦急地等待着第一场雪，它在太阳照射下闪出金色的光芒，像一枚枚金币。大自然熟睡着，静谧、平和，没有一点风，也没有声音。它静止不动，无声无息，仿佛经过春天和夏天之后，已十分疲倦，要在温暖、爱抚的阳光下享一下清福了。看着这种正在开始的祥和的气氛，您自己的心情也会平静下来……

当玛露霞和叶果鲁什卡坐在窗前，最后一次等待托波尔科夫到来的时候，就是这样的一个白天。温暖、爱抚的阳光射进普里克朗斯基家的窗户里来了，它照亮了地毯、椅子和钢琴。所有的东西都沐浴在这种阳光里。玛露霞和叶果鲁什卡从窗口望着街上，庆祝着自己的康复。病愈的人，特别是他们又还那么年轻，当然是会感到非常幸福的。一般健康的人是感觉不到健康的，而他们却感到了，理解了。健康就是自由，那么，除了被解放的农奴，谁还能享受到这种领略自由的快乐呢？玛露霞和叶果鲁什卡每分钟都感到自己是被解放了的农奴。他们是多么快乐啊！他们想呼吸，想到窗口看看，想行走，一句话——想生活，而且每秒钟都在实现着这些愿望。讨债的富罗夫、谣言、叶果鲁什卡的品行、贫穷——一切都忘诸脑后了，只有那些愉快的、不搅乱人心的事情才没有忘记：好的天气，即将举行的舞会，善良的妈妈和……医生。玛露霞又说又笑，没个完。主要的话题，就是他们每分钟都在等待的医生。

“一个令人惊讶的人，一个无所不能的人！”她说，“他的医术多么高超！你想想吧，乔治，多么崇高的功绩：同自然界做斗争，并且战胜它！”

她一直在说。每说完一句夸张的却又是诚恳的话后，总要用手势和眼睛打上一个很大的感叹号。

叶果鲁什卡听着妹妹那些热烈称赞的话，眨眨小眼睛，唯唯称是。他自己也尊敬托波尔科夫那张严肃的脸，并相信自己的康复完全归功于他一人。妈妈坐在旁边，满面笑容，心情欢快，分享着孩子们的快乐。

她喜欢托波尔科夫不仅是因为他会治病，而且也因为她在医生的脸上看到了一种“积极有为的东西”。

不知为什么，老年人都特别喜欢这种“积极有为的东西”。

“遗憾的是，他……却是那么低贱的出身，”公爵夫人胆怯地看了一眼女儿，“而且他的手艺……也不大干净，老是在翻找各种各样的东西……呸！”

公爵小姐脸红起来，坐到另一张圈椅上去，离得母亲远一些。叶果鲁什卡也歪扭了一下身子。

他受不了贵族的傲气和妄自尊大。

贫穷能教育任何的人！他已不止一次地亲身经历过那些比他富有的人对他摆架子了。

“如今这个年月，妈妈[①]，”他轻蔑地耸耸肩膀说，“谁肩膀上有个脑袋，裤子上有个大口袋，谁就是好出身；谁在长脑袋的地方长上了屁股，该有口袋的地方却只有肥皂泡，他就是……一个零。就是这么回事！”

叶果鲁什卡说这话也是一种学舌。这些话是他在两个月前从一个宗教学校的学生那里听来的。他还在台球房里同这个学生打过一次架呢。

“我情愿拿我的公爵头衔去换取他的脑袋和口袋。”叶果鲁什卡补充说。

玛露霞抬起眼睛看着哥哥，充满感激之情。

“我本来有很多的话想跟您说，妈妈，可是要您改变自己的想法……很遗憾！”

公爵夫人的守旧思想受到揭发，感到很难为情，就分辩起来：

“不过，在彼得堡我认识了一个大夫，是个男爵，”她说，“对，对……在国外也有……这是真的……教育可是很重要的……嗯，对了……”

十二点多钟，托波尔科夫来了。他进来的时候，也像头一回那样：对谁也不看一眼，高傲地走过来。

“不要喝含酒精的饮料，尽可能避免饮食过度。”他放好帽

① 原文为法语。

子，对叶果鲁什卡说，“要注意肝脏，您的肝肿大了许多。肝肿大完全是由于您喝了那些饮料。要喝我给您开的药水。”

他又转过身来对着玛露霞，也给她提出了几个最后的忠告。

玛露霞注意地听着，好像在听有趣的童话。她眼睛直勾勾地看着这个有学问的人。

“怎么样？我想，您已经明白了吧？”托波尔科夫问她。

“噢，听明白了！谢谢！”

他这次出诊持续了整整四分钟。

托波尔科夫咳嗽一声，拿起帽子，点一点头。玛露霞和叶果鲁什卡把眼睛盯在母亲身上。玛露霞甚至脸红了。

公爵夫人涨红着脸，像鸭子似的摇着身子，走到医生身边，不好意思地把手塞进他白净的拳头里。

“请让我向您致谢！”她说。

叶果鲁什卡和玛露霞垂下了眼睛。托波尔科夫把拳头举在眼镜前，看见一沓钞票。他并不觉得难为情，也不垂下眼睛，而是把手伸进嘴里，蘸了点唾沫，很小声地数起钞票来。他数出有十二张二十五卢布的钞票。难怪昨天尼基福尔拿着她的镯子和耳环在外面奔走！托波尔科夫的脸上掠过一小片明亮的云彩，类似人们在圣徒头上所画的光晕。他的嘴微微咧开，露出笑容。看样子，这笔报酬他很满意。他点完钱，把它放进口袋里，再一次点点头，转身向门口走去。

公爵夫人、玛露霞和叶果鲁什卡的眼睛盯着医生的背脊。他们三人立即感到他们的心紧缩了。他们的眼睛里流露出了美好的感情：这个人要走了，而且也不再来了，可他们已经习惯了他那匀整的步伐、吐字清楚的声音和严肃的脸孔。母亲的脑子里闪出一个小小的念头，她忽然想对这个木头般的人亲热一下。

“他是个孤儿，怪可怜的，”她想道，“他孤单一人。”

“医生。”她用柔和的老太太的声调说。

医生回过头来看一下。

“什么事？”

“请您跟我们一起喝杯咖啡好吗？请不要客气！”

托波尔科夫皱皱眉头，慢慢地从口袋里取出怀表，看看表后想了想，说：

“我喝点茶吧。”

“您请坐，就坐这儿吧！”

托波尔科夫放下帽子，坐下来。他坐得笔直，像是个人体模型：弯着双膝，肩膀和脖子挺直。公爵夫人和玛露霞忙碌起来。玛露霞睁着一双大眼睛，显出操心的神态，就像人家给她出了难以解答的习题似的。尼基福尔穿一身黑色的旧礼服，戴一双灰色手套，在所有的房间里跑来跑去。房子里到处响起了茶具的声音，茶匙丁零作响。不知因为什么事，叶果鲁什卡被人从大厅里叫出去一会儿，而且是被悄悄地、秘密地叫出去的。

托波尔科夫等着喝茶，坐了大约十分钟。他坐着瞧着钢琴的踏板，全身各个部位一动不动，也没有发出一点声音。终于客厅的门打开了，满面笑容的尼基福尔手里端着一个大托盘走了进来，托盘上放着两个套着银托的茶杯：一个是给医生的，另一个是给叶果鲁什卡的。两个茶杯周围，遵照严格的对称方式，放着鲜牛奶壶和鲜奶油壶、糖罐和糖夹子、一杯柠檬，以及小叉子和饼干。

叶果鲁什卡跟着尼基福尔进来了。他为了表示庄重，脸部变得有点呆板了。

走在最后的是额头冒汗的公爵夫人和睁着一对大眼睛的玛露霞。

“请用茶！”公爵夫人对托波尔科夫说。

叶果鲁什卡拿起茶杯来，走到旁边，小心地喝了一口。托波尔科夫也拿起茶杯，喝了一口。公爵夫人和玛露霞在旁边坐下，注视着医生的面容。

“您的茶可能不甜吧？”公爵夫人问。

“不，够甜了。”

正如所预料的那样，沉默开始了。这是一种可怕的、令人讨厌的沉默。不知为什么，这时使人感到一种极其尴尬的处境，使人难为情。医生只管喝茶，不说话，显然，他对周围的一切并不关心，除了面前的茶，什么也没看见。

公爵夫人和玛露霞倒非常想跟这位有学问的人说说话，但又不知从何说起。她们俩都怕自己出洋相。叶果鲁什卡看了医生一眼，从他的眼神可以看出，他想向医生提什么问题，却又仿佛拿不定主意。坟墓般的静寂笼罩着一切，偶尔被喝茶的声音打破。托波尔科夫喝茶的声音很响，看来，他并不感到拘束，喝得很随便，喝下去时，还带着“咕嘟”的响声，就像是水从嘴里掉进一个深渊里，扑通一声打在一个又大又平滑的东西上。尼基福尔偶尔会打破一下寂静，他的嘴唇吧嗒一声，咀嚼起来，好像在品尝做客的医生是什么滋味似的。

“据说吸烟有害，对吗？”叶果鲁什卡终于打定主意问道。

“尼古丁，烟草的生物碱，它对人身体的影响相当于一种剧毒。每一支烟带给人的机体的毒素，在数量上是微不足道的，但是它的作用却是持续不断的。毒的数量及其能量，同服用的持续性成正比。”

公爵夫人和玛露霞彼此看了一眼：他是多么聪明啊！叶果鲁什卡眨巴着眼睛，拉长了自己像鱼一样的面孔。这个可怜虫，没听懂医生的话。

“以前在我们团里，”他开始说，想把学术的谈话转为平常的谈话，“有一位军官，姓柯谢奇金，是一个很正派的小伙子。他长得很像您！非常像！就跟两滴水一样，甚至无法分清！他是您的亲戚吗？”

医生没有回答他，只是发出很响的喝茶声。他嘴唇的两角稍稍提起，做出轻蔑的微笑的样子。他显然瞧不起叶果鲁什卡。

“请您告诉我，医生，我是完全康复了吗？”玛露霞问道，“我能指望我会完全地康复吗？”

“我想能。我期望您完全康复。我有根据……”

于是医生高高地抬起头来，从近处凝视着玛露霞，开始解释肺炎的成因。他说话从容不迫，吐字清楚，声调不高也不低。大家更喜欢听他说话，听得津津有味。遗憾的是，这个干巴巴的人不会通俗地讲，他认为没有必要换个花样去迁就外行人的头脑。他好几次提到“脓肿”和“凝块状变性”之类的词。一般地说，他讲得很好，很优美，却很不好懂。他长篇大论，里面夹杂着许多医学上的术语，却没有一句听众能听懂的话。然而这并不妨碍听众张开嘴巴坐着，并带着虔敬的心情望着这位学者。玛露霞目不转睛地看着他的嘴，捕捉着他说的每一个词。她看着他，拿他的脸去同她每天都看见的那些脸暗自进行比较。

许多向她献殷勤的人，叶果鲁什卡的朋友们，天天都来拜访，令她讨厌。这些人的枯瘦、麻木的脸跟这张聪明而又疲倦的脸是多么不同啊！从那些纵酒作乐的人和浪子们的嘴里，玛露霞连一句好的正经的话也没听到过。那些人的脸同这张冷漠的、缺乏热情的，可又是聪明的、高傲的脸相比，简直有天壤之别。

“一张非常可爱的脸！”玛露霞想，他的脸，他的声音，他的话语都令她叹赏，“多么有智慧，多么有学问啊！为什么乔治要去做军人呢？他也应该做个学者。”

叶果鲁什卡也动情地看着医生，想道：

“既然他在谈论学识方面的事，可见，他把我们看成是有学识的人。我们在社会中处于这样的地位，这也不错。不过我刚才扯到柯谢奇金的事，倒显得有点愚蠢。”

当医生结束其演讲时，听众们都深深地吁了一口气，就像是完成了一项光荣业绩似的。

“什么都懂多好啊！”公爵夫人感叹道。

玛露霞站起来，好像要答谢医生的演讲似的，坐到钢琴前，弹奏起来。她很想参与同医生的谈话，谈得更深一些，更恳切一些，而音乐总是引导人谈话的。是啊，她也很想在这个聪明的、有理解能力的人面前显示一下自己的本领……

“这是肖邦的一首曲子，”公爵夫人开始说话，娇慵地微微一笑，像贵族女学生那样双手交叉起来，“一首美妙的曲子！医生，我敢夸一句口，她也是我们家出色的女歌手，是我的学生……我从前有一副非常好的嗓子。而那个女歌唱家……您知道她吗？”

接着公爵夫人说出了一个著名的俄国女歌唱家的姓。

“她对我很感激……是啊……我教过她的课！那时她是一个很可爱的姑娘！她跟我已故的公爵丈夫有点亲戚关系……您喜欢听歌吗？不过我何必问这个呢？有谁会不喜欢听歌的呢？”

玛露霞开始弹奏圆舞曲中最精彩的地方，并微笑着回过头来看一下，她要从医生的脸上看出她的演奏给他留下什么样的印象。

可是她什么也没有看出来。医生的脸还和原先那样毫无动静，枯燥冷漠。他很快地把茶喝完了。

“我很喜欢这段曲子。”玛露霞说。

“我表示感谢，”医生说，“我不想再听了。”

他吞下最后一口茶，站起来，拿上帽子，没有表示半点愿意把圆舞曲听完的意思。公爵夫人站了起来。玛露霞很窘，感到委屈，便合上了钢琴。

“您这就要走了？”公爵夫人说道，紧紧地皱着眉头，“您还要点什么吗？我希望……大夫……您现在已经认得路了。那么，随便哪个傍晚……来坐坐吧……请您不要忘记我们……”

医生点了两下头，不好意思地握了握公爵小姐伸过来的手，默默地走去穿自己的皮大衣。

“简直是一块冰！是木头！”等医生走了后公爵夫人说，“这真可怕！连笑都不会，这种木头人！你白给他弹奏了，玛露霞！他好像只是为喝茶而留下来的，喝完就走了！”

“可是，他多么聪明啊，妈妈！非常有头脑！在我们家里他又能跟谁谈话呢？我没有知识，乔治不开通，也不爱说话……难道这种学术交谈我们能支撑下去吗？不行啊！”

“瞧，这就叫平民！这就是尼基福尔的外甥！”叶果鲁什卡一边说，一边从壶里喝奶油，“他算什么呀，又是合理啦，又是冷淡啦，又是主观啦……说得滔滔不绝，小滑头！这算是哪门子平民啊！他那辆四轮马车，你们快来看看吧，多阔气啊！”

于是三个人都到窗口来看那辆四轮马车。车上坐着那位名医，身穿宽大的熊皮大衣。公爵夫人由于嫉妒而满脸通红，叶果鲁什卡则意味深长地挤眉弄眼，吹口哨。玛露霞没看见四轮马车；她没有工夫去看车，她在看医生，因为医生给她的印象更强烈。新鲜的事对谁会没有吸引力呢？

托波尔科夫对玛露霞来说，实在太新鲜了……

下了第一场雪，接着是第二场，第三场。冬天的时间拖得很长。好厉害的严寒：大雪成堆，水结成冰柱。我不喜欢冬天，也不喜欢自称喜欢冬天的人。冬天，街上冰冷，屋里烟雾腾腾，套鞋潮湿，那天气时而严酷得像婆婆，时而哭哭啼啼像老处女，因此即便有幻境般的月夜，有三套马的马车，狩猎、音乐会、舞会，冬天也很快就令人讨厌。而且它拖得太长了，这样它毒害的就不单单是无家可归和害痨病的人的生命了。

普里克朗斯基公爵家的生活又照常进行了。叶果鲁什卡和玛露霞已经完全康复，甚至母亲也不认为他们是病人了。家庭境况和过去一样，无法改善，局面越来越糟，钱越来越少……公爵夫人把所有值钱的东西，祖传的和自己购置的，统统拿去抵押了又抵押。尼基福尔和先前一样，主人派他出去赊购各种零碎物品，他就在铺子里扯淡，说主人欠他三百卢布却不想付给他。厨师也发这样的牢骚，小铺老板怜悯他，就把旧皮鞋送给了他。富罗夫逼债更紧了，不管公爵家提出什么样的延期办法，他都不同意。公爵夫人恳求他暂缓提出偿债诉讼，他就出言不逊。富罗夫开了头，其他债主也吵闹不休。公爵夫人每天早晨都不得不去见公证人、法庭执行吏和债主。看来，处理破产事务的会议就要召开了。

像原先一样，公爵夫人枕头上泪水不干。白天公爵夫人强打精神，晚上则是泪水不停地流，通宵哭泣，直到天明。无须走远，就能看到她哭泣的理由。这些理由都是明摆着的，彰明显著，非常刺目：贫穷，随时受到侮辱的自尊心……受谁的侮辱呢？无非是一些微不足道的小人物，各种各样的富罗夫、厨师、小商人等。那些心爱的物品都拿去抵押了。同这些东西割爱时，公爵夫人非常伤心。叶果鲁什卡还跟原先那样，过着不规矩的生活，玛露霞还没有出嫁……哭泣的理由还少吗？前途暗淡，而且透过这暗淡的前途，公爵夫人窥见了险恶的幽灵。这前途非常糟糕。它已经没有指望，只能使人害怕……

钱越来越少了，而叶果鲁什卡喝酒却越来越厉害。他使劲地喝，拼命地灌，好像有意要补上生病期间所损失的那段时间似的。他把一切东西，不管是他有的和没有的、他自己的还是别人的，全都拿去换酒喝光。在放荡的生活中，他不顾一切，厚颜无耻。他一见到人就开口借钱，这在他已经不当一回事了。身无分文，也坐下来打牌，这在他已经习以为常了。至于大吃大喝而由别人付钱，坐上出租马车派头十足地兜风，完了却不付车钱，这一切他都认为不为过。他很少改变自己。从前人家嘲笑他，他会生气；现在他遭到驱赶或被人押走，也就只是稍稍有点难为情罢了。

唯有玛露霞一个人变了。她有新的变化，而且是最可怕的变化。她开始对哥哥感到失望。不知为什么，她突然觉得他不像从前那个不被人承认的和不为人理解的人了，而纯粹是一个极普通的人，他和大家一样，甚至还不如他们……她已经不相信他那个绝望的爱情。这是可怕的变化！她在窗前一坐就是几个小时，毫无目标地望着街上，想象着哥哥的脸，极力想在他的脸上看到一种和谐的不至于令人失望的东西。可是在这张平淡无奇的脸上却什么也没有看出来，只看到一点：一个空虚的人！败类！在她的想象里，同这张脸并排的是他朋友们的脸，客人们的脸，安慰人的老太太的脸，未来新郎的脸，以及哭哭啼啼、由于痛苦而变得麻木的公爵夫人的脸。痛苦使玛露霞可怜的心缩紧了。在这些亲密的、为她所爱，然而又渺小的人的身边生活，是多么庸俗、平凡、呆板，多么愚蠢、无聊和懒散啊！

痛苦紧压着她的心，同时又有一种强烈的、异教徒的愿望使她喘不过气来……有时候她真恨不得一走了之。可是到哪里去呢？自然，她想到那样一个地方去，在那里人们不会在贫穷面前发抖，不过淫荡的生活，而是工作，不整天同愚蠢的老太婆和酗酒的傻瓜扯淡……于是在玛露霞的想象里，像一枚拔不掉的钉子一样，出现了一张正派人的有智慧的脸，在这张脸上她看到了智慧、丰富的知识和疲劳。这是一张令人无法忘却的脸。她天天都看见这张脸，而且是在最幸福的情况下，也就是这张脸的主宰者正在工作，或者是显出正在工作的样子的时候。

托波尔科夫医生每天都在普里克朗斯基家门前经过，他坐在自己豪华的雪橇上，盖着熊皮毯子，由胖车夫驾着车。他的病人很多，从清早出诊，一直到深夜，一天内他得跑遍一切大街小巷。他坐在雪橇上就像坐在圈椅上一样，姿态傲慢，昂起头，挺起胸，不左顾右盼，在熊皮大衣的毛茸茸的领子里，除了白色、光滑的额头和一副金丝眼镜之外，什么也看不见。不过玛露霞能看见这些也就满足了。她觉得这位人类恩人的眼睛通过眼镜，射出的是冷漠的、高傲的、轻蔑的光芒。

“这个人有权利蔑视别人！”她想，“他有智慧！而他的雪橇又是多么豪华啊！那些马匹多么漂亮！而他过去却是个农奴！需要多么强有力的意志，才能成为像他这样高不可攀的人！”

只有玛露霞一人还没忘记医生，其他人已经开始忘记他了，如果不是因为他做了一件使人不能忘记他的事的话，人们早就把他忘得一干二净了。他做的那件事着实太使人难受了。

圣诞节第二天的中午，普里克朗斯基一家人都在家，前厅里突然响起了铃声。尼基福尔开了门。

“公爵夫人在……在家吗？”从前厅传来一个老太太的声音。还没有等到回答，客厅里就进来了一个矮小的老太婆。“您好，公爵夫人，老人家……恩人！近来可好？”

“您有什么事吗？”公爵夫人问道，好奇地看着老太婆。叶果鲁什卡用拳头捂着嘴扑哧一笑。他觉得老太婆的脑袋像一个熟透了的小甜瓜，上面还翘着一根小尾巴。

“您不认得我了，好太太！难道您不记得我了？您把普罗霍罗夫娜给忘记了？您的小公爵就是我接生的啊！”

于是，老太婆走近叶果鲁什卡，吧嗒着嘴，很快地吻了他的胸和手。

“我不明白，”叶果鲁什卡生气地说，在上衣上擦擦手，“尼基福尔，这个老鬼，把所有的傻瓜都放进来了……”

“您有什么事吗？”公爵夫人再问一句，她感到老太婆身上有一股强烈的低级橄榄油的气味。

老太婆在圈椅上坐下来，说了很长的开场白后，微微笑着，卖弄风情地（媒婆总是卖弄风情的）声明说，公爵夫人有一宗货，而她这个老太婆却有一位买主。玛露霞立刻脸红了，叶果鲁什卡则扑哧笑了一声，很感兴趣地走到老太婆跟前。

“真奇怪，”公爵夫人说，“就是说，您是来说媒的喽？给您道喜了，玛露霞，求婚的来了！而他是谁呢？可以打听一下吗？”

老太婆气喘吁吁地把手伸进胸前的衣兜里，从那里取出了一块红色花布手绢。她解开手绢包的小结，把包里的东西抖落在桌子上，一张照片随着一个顶针掉了出来。

大家都抽动了一下鼻子：那块红底黄花手绢散发出一股烟草味。

公爵夫人拿起照片，懒洋洋地举到眼前。

“这是个美男子，好太太！”媒人开始介绍照片上的人，“他富有、高贵……是非常好的人，不喝酒……”

公爵夫人脸红起来，把照片递给了玛露霞。玛露霞顿时脸色煞白。

"真奇怪！"公爵夫人说，"如果医生有意思的话，那么，我想，他自己可以来……根本不需要中间人！……他是个有教养的人，可是突然……是他派您来的吗？是他本人派您来的？"

"是他本人……他非常喜欢你们……你们是好人家。"

玛露霞忽然尖叫一声，把照片捏在手里，飞快地跑出了客厅。

"真奇怪，"公爵夫人重复地说，"真令人惊讶……甚至不知道该对您说些什么才好……我无论如何也没有料到医生会这么做……他何必要惊动您呢？他满可以自己来嘛……他这样做甚至使人难受……他把我们看成是什么人了呢？我们不是什么商人……现如今就是商人也已换了一种活法了。"

"怪人！"叶果鲁什卡哼了一声，轻蔑地看了一眼老太婆的小脑袋。

如果能让他在这个小脑袋上哪怕用手指头弹上一下，这个退伍骠骑兵情愿付出很高的代价！他不喜欢这个老太婆，就像大狗不喜欢小猫一样，而且他一看见这个像甜瓜一样的脑袋，简直就像狗一样兴奋起来。

"好吧，好太太，"媒婆说，叹了一口气，"虽说他没有公爵的爵位，不过，我可以说，好公爵夫人……您可是我的恩人啊。哎呀，罪过，罪过！难道他不高贵？他受过所有的教育，又有钱，主赐给他一切荣华富贵，圣母呀……如果要他到您这里来，那就照您的意思办吧……他会到这里来的，为什么不来呢？可以来……"

最后，老太婆抓住公爵夫人的肩头，把她拉过来，在她耳朵边低声说：

"他要六万……这是很自然的事！老婆是老婆，钱是钱。您自己也明白……'我——他说，娶老婆不能不要钱，因为她在我这里也会得到一切满足的……但她也得有自己的资本……'"

公爵夫人涨红了脸，笨重的连衣裙抖得沙沙响，从圈椅上站起来。

“难为您转告医生，就说我们感到非常奇怪，”她说，“我们很难过……这样做是不行的。别的我就再不能对您说什么了……您怎么不说话呢，乔治？让她走吧！任何忍耐都是有限度的！”

媒婆走后，公爵夫人抱住自己的头，倒在长沙发上，哼哼起来：

“瞧，我们竟到了这样的地步！”她哭道，“我的天啊！一个江湖郎中，下贱货，昨日的奴仆，竟也到我们这儿来求婚了！还说他高贵！……高贵！哈哈！你们说，是什么样的高贵啊！竟派媒婆说媒来了！可惜你们的父亲不在了，他可不会白白地放过这件事！庸俗的傻瓜！下流人！”

不过，使公爵夫人感到屈辱的与其说是一个平民来向她女儿求婚，毋宁说是人家向她要六万卢布，而她却没有钱。哪怕是对她的贫穷有半点儿暗示，也就是对她的侮辱。她拖长声音大哭大喊，一直闹到深夜，夜里还两次醒过来，又哭了两次。

不过媒婆来访，对任何人都没有像对玛露霞那样产生那么大的影响，它使可怜的姑娘像害了极厉害的热病一样。她全身哆嗦，倒在床上，把滚烫的头埋在枕头底下，用尽全力要解答一个问题：

“这难道是真的吗？”

这是一个大伤脑筋的问题。玛露霞也不知道怎么回答才好。这个问题既表现她的惊讶，也表现她的难为情，还表现她的一种暗喜，可又不知为什么她羞于承认这后一点，想瞒过自己。

“难道是真的吗？！他，托波尔科夫……不可能！事情有点不对头！是老太婆弄错了！”

与此同时，那些最最甜蜜的、朝思暮想的、令人心醉的幻想，那些使人心灵折服、头脑发热的幻想，都纷纷地在她脑子里蠕动起来。这个小生物整个地沉浸在说不出的欢乐里了。他，托波尔科夫，要她做他的妻子！要知道，他是那么端正、漂亮、聪明！他把一生献给人类，而且……坐那么豪华的雪橇！

“难道是真的吗？”

“我可以爱他！”傍晚玛露霞决定了，“噢，我同意！我没有任何偏见，我将跟这个农奴走遍天涯海角！哪怕母亲说一句话，我也会离开她！我同意了！”

其他问题，那些次要的和更次要的问题她已经没有工夫去考虑了，顾不上了！例如为什么派媒婆来，他什么时候爱上她和为什么爱她，既然爱她为什么他自己没有来等，她哪里还顾得上去考虑这一些以及许多其他的问题呢！她震惊、奇怪、幸福……对于她，这就足够了。“我同意！”她小声地说，极力在自己的想象里描摹他的面容及其金丝眼镜，以及透过眼镜往外看的那双有理智的、庄重的、疲倦的眼睛，“让他来吧！我同意。”

一方面是玛露霞这样在床上翻来覆去，全身都感到幸福得发热，另一方面那个媒婆却又在走访另一些商人家庭，广泛地散发医生的照片，从这个有钱人家到那个有钱人家，寻找可以向“高贵的”买主推荐的货物。托波尔科夫并没有派她专门到普里克朗斯基家去，他打发她“随便到哪家去都行”。他觉得自己必须结婚，但他采取无所谓的态度。对他来说，有一点是决定了的：不管媒婆到哪一家去说亲，他都需要得到……六万陪嫁。六万，少了不行！因为他打算买下的房子，人家给他开的价不会少于这个数字。他没有地方去借这笔钱，想分期付款，人家也不同意。因此就只剩下一个办法：为筹钱而结婚，他也就这样做了。至于他要用缔结良缘来欺骗自己，那么，这跟玛露霞毫不相干。

深夜十二点多钟，叶果鲁什卡悄悄地走进玛露霞的卧室。玛露霞已经宽了衣，极力要让自己入睡。出乎意料的幸福使得她疲乏了，她觉得她的心跳得整个房子都能听见，因此她很想安一安神。叶果鲁什卡脸上的每一条皱纹里都藏着一千个秘密。他神秘地咳嗽一声，意味深长地瞧着玛露霞，好像要告诉她一个非常重要而又秘密的事似的，在她脚边坐下，稍稍弯下腰，凑近她的耳朵。

“你知道我要告诉你什么吗，玛露霞？”他小声地说，“我坦率地对你说……我的看法是……因为，要知道，我是为了你的幸福。你在睡觉吗？我是为了你的幸福才说的……你就嫁给这个人吧……嫁给托波尔科夫吧！你就别扭扭捏捏了，你就嫁给他得了！……这个人各方面都……而且又有钱。他出身低贱点也没关系，别管它。”

玛露霞把眼睛闭得更紧了。她害臊。同时，她哥哥同情托波尔科夫又让她感到很愉快。

“可是他有钱！至少，一个人没有饭吃就活不成。你只想等公爵伯爵来求婚，怕是还没有等着，你就已经饿死了……要知道，我们家现在连一个戈比也没有了！呸！全空了！那么你是睡着了还是怎么的？啊？不说话，就表示同意了？”

玛露霞微微笑了一下。叶果鲁什卡则笑出了声，并且生平第一次热情地吻了她的手。

“你就嫁给他吧……他是有教养的人。而我们也将过得很好！老太婆也不会再哭了。”

于是叶果鲁什卡沉浸在幻想里。幻想了一阵之后，他又摇摇头说：

“只有一点我弄不明白……他干吗要派这个媒婆来呢？为什么他自己不来呢？这里面有点文章……他不是这种人，他不会派媒婆来说亲的。”

“这话不错，”玛露霞想，不知为什么震颤了一下，“这里面真的有点文章……派媒婆来说亲是愚蠢的。确实，这是什么意思呢？”

叶果鲁什卡平时是不善于思考的，这一回却动起脑筋来了。他说：“不过，要知道，他自己没有时间闲逛。他整天很忙，东奔西跑，走遍病人各家。”

玛露霞安不下心来，但持续的时间不长。叶果鲁什卡沉默了一会儿，然后说：

“还有一点我也不明白：他吩咐那个老媒婆说陪嫁至少要六万。你听见了吗？她说：‘否则就不行。’”

玛露霞忽然睁开了眼睛，全身哆嗦了一下，连忙坐起来，甚至忘记拿被子把自己的肩膀盖上。她的眼睛发亮，两颊绯红。

“这是老太婆说的？”她拉住叶果鲁什卡的手说，“你跟她说，这是撒谎！这些人，也就是说，像他这样的人……是不可能说这样的话的。他也要……钱？！哈哈！只有不了解他的人，才会怀疑他有这种卑劣的想法。他是多么骄傲，多么正直，多么不贪财啊！是啊！这是一个最优秀的人！是人家不想了解他。”

“我也是这样认为。”叶果鲁什卡说，“老太婆满嘴胡说，多半是要巴结他。她在商人那里已经习惯于这一套了！”

玛露霞肯定地点点头，然后把头埋在枕头底下。叶果鲁什卡站起来，伸了个懒腰。

“母亲在哭，”叶果鲁什卡说，“算了，我们就不要去管她了。那我们就这样说定了？你已经同意了？很好，用不着扭扭捏捏了，你就做医生的太太吧……哈哈！医生太太！”

叶果鲁什卡拍拍玛露霞的脚，非常满意地从她的卧室里走出来。当他躺在床上时，脑子里就开始把婚礼上要请的客人开列出一张很长的名单。

“香槟酒要到阿包尔士霍夫商店里去买，”他想着，昏昏欲睡了，“小吃之类则要到柯尔恰托夫商店里去买……他那里的鱼籽新鲜。嗯，龙虾也……”

第二天早晨，玛露霞穿得很朴素，但很雅致，坐在窗前等着，不乏娇态。十一点钟，托波尔科夫坐着雪橇在她窗边疾驰而过，但他没有来拜访。中饭后，他又一次坐着马车在她的窗前疾驰而过，不仅没有来拜访，甚至也没有朝窗户看一眼。而玛露霞却是头发上系着粉红色的带子，在窗前坐着。

“他没有时间，”玛露霞一边想，一边观赏着他，“星期天他会来的……”

但是，星期天也没有来。过了一个月仍旧没有来，又过了两个月、三个月……他根本就没有想起普里克朗斯基的家。而玛露霞却在等着他，而且人都等瘦了……像有一种不同寻常的猫，长着黄色的长爪子，抓挠着她的心。

“他为什么不来呢？”她自问道，“为什么呢？啊……我知道了……他生气了，因为……因为什么他要生气呢？因为妈妈对老媒婆很不客气。他现在以为我不可能爱他……”

“畜生！”叶果鲁什卡喃喃地说。他去阿包尔士霍夫商店已经十次了，问他们能不能让他定购上等的香槟酒。

三月底的复活节过后，玛露霞已不再等待他了。

有一天叶果鲁什卡走进她的卧室，恶狠狠地哈哈大笑，告诉她说，她的“求婚者”已经同一个商人女儿结婚了……

“我有幸地给你道喜！真荣幸！哈哈哈！”

这个消息对我的这位娇小的女主人公来说太残酷了。

她垂头丧气，不是一天，而是几个月来都变得难于形容的忧愁和失望。她把头上的粉红色带子拿掉了，痛不欲生。可是感情却是多么的偏心和不公平啊！玛露霞就在这时候也还能为他的行为找出理由来。看来，她没有白读那些长篇小说，因为小说中嫁人或娶妻往往都是故意为难所爱的人，是要叫他们明白，叫他们难堪，叫他们受点刺激而已。

“他娶这个傻女人就是故意气人，”玛露霞暗想，“噢，对他的求亲，我们采取了多么侮辱人的态度，做得多么不好！像他这样的人是不会忘记别人对他的侮辱的！”

她脸上健康的红晕消失了，嘴唇上也抿不出笑容来了，大脑已不再去幻想未来。玛露霞变得呆傻了。她觉得她的生活目标也跟托波尔科夫一起毁灭了。如果她已经注定只能同那些蠢人、寄生虫、酒鬼在一起，那么活着又还有什么意思呢？她忧郁起来了。她对什么都不关心，对什么都不注意，对谁的话都不理会，只是浑浑噩噩地过着枯燥乏味和毫无光彩的生活。我们的老处女们和年轻的处女们都很善于过这样的生活……她不去注意为数众多的求婚男人，也不去注意自己的亲人和熟人。她对穷困的家庭境况视而不见，漠不关心，她甚至没有注意到银行已经把普里克朗斯基家的房子连同所有有历史意义的并使她感到亲切的家什一齐卖掉了，她不得不搬到一个简陋便宜的小市民风格的新居里去住。这是一个漫长的、难受的梦，其中倒也不乏梦见的人和事。她梦见了托波尔科夫各种不同的样子：坐在雪橇上、穿着皮大衣、没有穿皮大衣、坐着、高傲地走路。全部生活都在梦里了。

但是一声雷响，梦就从她那长着亚麻色睫毛的浅蓝色的眼睛里飞走了……她的母亲，公爵夫人经不住家庭的破产，在新居里生了病，死了。她除了给孩子们留下祝福和几件连衣裙外，再也没有任何的东西。她的死，对公爵小姐来说，是可怕的灾难。梦飞走了，把位置让给了悲伤。

三

秋天到了，它跟去年的秋天一样，潮湿、泥泞。

外面是一个灰色的、多雨的早晨。暗灰色的云像是沾满了污泥似的，密密地遮住了天空，并且一动不动地留在那里，惹人烦恼。太阳似乎不存在了。它这样延续了整整一个星期，一次也没有对大地露过脸，好像害怕泥泞会玷污了它的光芒似的。

雨点敲打着窗子，特别卖力。风在烟囱里哭泣、号叫，像一条丧家犬……在所有人的脸上都流露出一种绝望的烦闷。

就是最绝望的烦闷也要比那天上午玛露霞脸上流露出的走投无路的悲哀好得多。我的女主人公踏着烂泥泞，朝托波尔科夫医生家慢慢地走去。她为什么要去找他呢？

"我找他治病！"她想。

不过，不要相信她，读者！她脸上表现出来的内心的斗争不是平白无故的。

公爵小姐来到托波尔科夫家的门口，心里发紧，胆怯地拉一下门铃。一分钟后，门里面响起了脚步声，她的腿都要僵住了，都要弯下去了。门锁咔嚓一声，玛露霞看见面前出现了一个女仆，长得很不错，脸上显出疑惑的表情。

"医生在家吗？"

"我们今天不看病，明天来吧！"女仆说。由于湿气迎面扑来，女仆哆嗦了一下，倒退了一步。这时门就在玛露霞的鼻子面前砰的一声关上了，震颤了一下后响起了闩门声。

公爵小姐很不好意思，慢慢地拖着身子回家了。家里等着她去看一场免费的戏，不过这种戏她已经看腻了。这远不是公爵家所应该有的戏！

叶果鲁什卡坐在小客厅里一张用光滑的新花布蒙着的长沙发上。他像土耳其人那样坐着，两条腿盘在身子底下。他的女朋友卡列丽雅·伊万诺夫娜躺在他旁边的地板上，两人在玩一种“鼻子”游戏和喝酒。公爵喝啤酒，他的情人喝马德拉酒。赢方除了有权打输方的鼻子外，还可以得到一枚二十戈比的银币。卡列丽雅·伊万诺夫娜因为是女性，对方得做出小小的让步，即可以用接吻来取代二十戈比的支付。这游戏使两人得到了难以形容的快乐。他们放声大笑，你揪我一把，我拧你一下，随时从自己的位子上跳开，互相追逐。叶果鲁什卡赢了，就像牛犊似的跳跃狂喜；卡列丽雅·伊万诺夫娜输了就接吻，接吻时她那忸怩的作态使得叶果鲁什卡神魂颠倒。

卡列丽雅·伊万诺夫娜是一个又高又瘦的黑发女子，眉毛非常黑，有一双凸出来的虾一样的眼睛。她每天都到叶果鲁什卡家里来。她总是早晨九点多钟来普里克朗斯基家，在这里喝早茶，吃午饭，吃晚饭，午夜十二点多钟离去。叶果鲁什卡要叫妹妹相信，卡列丽雅·伊万诺夫娜是歌唱家，是很可敬的女人。

“你去跟她谈谈吧！”叶果鲁什卡劝导妹妹说，“她是聪明的女人！聪明极了！”

我认为，尼基福尔说得比较正确。他管卡列丽雅·伊万诺夫娜叫妓女和骑兵·伊万诺夫娜。他心里非常恨她，在不得已要伺候她时，总是要冒火。他嗅出了真情。这个年老忠心的仆人的本能告诉他，这个女人不配在他主人的身边……卡列丽雅·伊万诺夫娜又愚蠢又空虚，然而这并不妨碍她每天肚子吃得饱饱地走出普里克朗斯基的家门，口袋里装满了赢来的钱，而且相信少了她，他们就活不下去。她是俱乐部台球记分员的老婆，不过如此。但这并没有妨碍她成为普里克朗斯基家的十足的女主人。这头母猪喜欢把两只脚放在桌子上。

玛露霞靠抚恤金生活，那是她在父亲死后领到的。父亲的抚恤金比一般将军的抚恤金要多，可是玛露霞名下的那一份却很少。如果不是叶果鲁什卡那样任性挥霍，这份抚恤金也还是能够维持生活上的温饱的。

他不愿意工作，也不会工作！因为他不愿意相信自己穷。如果有人叫他要迁就家庭的处境，尽量减少任性的浪费，他就会发火。

“卡列丽雅·伊万诺夫娜不喜欢吃小牛肉，”他常常对玛露霞说，“需要给她做烤仔鸡。鬼才知道你们是怎么一回事，又要当家，又不会当家！明天再不能有这种一文不值的小牛肉了！我们会把这个女人饿死的！”

玛露霞偶尔顶他几句，可是为了避免发生不快，还是去买了仔鸡。

“为什么今天没有烧烤菜？”叶果鲁什卡有时大喊大叫。

“因为我们昨天吃过烤仔鸡了。”玛露霞答道。

然而叶果鲁什卡不懂得当家的最简单的道理，而且什么也不想懂。他坚决要求吃饭时给他准备啤酒，而给卡列丽雅·伊万诺夫娜准备葡萄酒。

“一顿正经的午饭能没有葡萄酒吗？”他质问玛露霞，耸耸肩膀，觉得这是咄咄怪事，“尼基福尔！一定得有酒，你的事情就是管这个的！你呢，玛露霞，应该感到害臊才是！莫非要我自己来管家吗？你们多么喜欢惹我生气啊！”

这是一个谁也管不了的骄奢淫逸的人！不久，卡列丽雅·伊万诺夫娜也来为他帮腔了。

“给公爵准备酒了吗？”她看见要开饭时就问道，“啤酒在哪里呢？应当走一趟，去买酒！公爵小姐给钱让仆人去买酒！您有零碎钱吗？”

公爵小姐说有零钱，便把最后一点钱都拿出去了。叶果鲁什卡和卡列丽雅又吃又喝，却不知道玛露霞的表、戒指和耳环，一件又一件的东西都送进了当铺，她那些贵重的连衣裙也都卖给旧货商人了。

他们没有看见也没有听见玛露霞向尼基福尔借明天的菜钱时，那老仆人如何抱怨着，嘴里嘟嘟囔囔，打开他的箱子。而那两个鄙俗而又麻木的人——公爵和他的小市民女人，对这一切根本就不当一回事！

第二天早晨九点多钟，玛露霞到托波尔科夫家里去，开门的还是那个长得不错的女仆。她把玛露霞带到前厅，帮她脱下大衣。女仆叹口气并对她说：

“您知道吗，公爵小姐，大夫看病至少要收五个卢布。这您是知道的。”

“她对我说这些话是什么意思呢？”玛露霞想道，“多么无礼！他，可怜的人，还不知道他雇了这么一个无用的女佣人！”

可是与此同时，玛露霞心里却发紧了：她口袋里只有三个卢布了。不过他也不至于因为少了区区两个卢布就把她赶走吧？

玛露霞从前厅走进候诊室里，那里已经坐着许多病人。自然，这些渴望治好病的人大多数是女人。她们占据了候诊室里的所有座位，三五成群地坐在那里聊天。她们谈得很热烈，而且无所不谈：谈天气，谈疾病，谈大夫，谈孩子……都是大声说话，并且哈哈大笑，就跟在自己家里一样。有些人一面等着，一面在织毛衣或绣花。在候诊室里，没有穿得很朴素和很差的人。托波尔科夫就在隔壁房间里看病，大家按顺序到他房间里去。进去的人都脸色苍白、严肃、有点发抖，可是从他那里出来时却脸色泛红、满头大汗，就像是在教堂里刚刚行过忏悔礼，或从身上卸掉了力不能胜的重负而感到庆幸似的。托波尔科夫为每个病人看病不超过十分钟，可能是病人的病都不重。

“这一切多么像是江湖郎中在招摇撞骗！”要不是玛露霞有自己的心事，准会这么想。

玛露霞最后一个走进医生的诊室。这里到处都堆着书，书皮上印着德文和法文的书名。她走进诊室，全身发抖，就像一个被丢进凉水里的母鸡。他站在房间中央，左手扶着写字桌。

“他多么漂亮啊！”他的女病人脑子里首先闪过的是这个想法。

托波尔科夫从来没有卖弄过自己的漂亮，而且他也未必会卖弄什么。然而他平时所表现的一切姿态，都好像特别威严。玛露霞现在所看到的他这种姿态，使她联想到画家画伟大统帅时所雇用的那些模特儿的威严。他一只手扶着桌子，旁边放着一些他刚从病人那里收下的十卢布和五卢布的钞票。那里还非常整齐地放着一些工具、器械、试管，这一切对玛露霞来说，都极难理解，极其深奥。这些东西，加上这个设备豪华的诊室，总合起来，使威严的画面更加威严了。玛露霞顺手把门带上，站着……托波尔科夫用手指了指圈椅。我们的女主人公走到圈椅跟前，坐下来。托波尔科夫威严地摇晃了一下，在她对面的一把圈椅上坐下，用一双疑惑的眼睛盯住玛露霞的脸。

“他没有认出我来！”玛露霞想，“要不他不会不说话的……我的天啊，他怎么不说话呢？唉，我怎么开口呢？”

“怎么样？”托波尔科夫哼了一声。

“我有点咳嗽。”玛露霞小声说，好像要为了证实自己的话，连咳了两声。

“很久了吗？”

“已经有两个月了……夜里更厉害。”

“嗯……发烧吗？”

“不，好像不发烧……”

“您好像在我这里看过病吧？您以前生过什么病吗？”

“肺炎。”

“嗯……对，我想起来了，您好像姓普里克朗斯基吧？”

“是的……当时我的哥哥也病了。”

“请您服这种药粉……睡觉以前服……要防止感冒……”

托波尔科夫很快地开了处方，站起来，又做出了原来的那种姿势。玛露霞也站起来。

“再没有别的病了吗？”

“没有什么了。”

托波尔科夫定睛看着她。他看看她，又看看房门。他没有工夫，正等着她出去。她却站着，看着他，欣赏他，等着他会对她说些什么话。他多么漂亮啊！她沉默着过了一分钟，后来震颤一下，看出了他张开口打哈欠的意思和他眼睛里等待她出去的含义，便给了他三个卢布，转身向门口走去。医生把钱丢在桌上，在她后面把门关上了。

玛露霞从医生家里出来回家时，心里非常生气。

“唉，我为什么不跟他说说话呢？为什么呢？胆怯了，就是这么回事！这样的结果，真荒唐……只是打搅了他一下。我为什么要把这些该死的钱捏在手里？好像要显示一下阔气？钱是很能令人误解的东西……上帝保佑，可能我得罪人了！付给他钱也要做到不知不觉才对。唉，我为什么不说话呢？……要不他就会对我讲开来，对我解释了……就会清楚他为什么派媒婆来了……”

玛露霞回到家里，躺在床上，把头埋在枕头底下。每当她激动的时候，都是这样的。但这也没有使她安静下来。叶果鲁什卡走进她的卧室，并开始从房间的这头走到那头，皮鞋踩得嘎吱地响。

他的脸很神秘……

“你出了什么事？”玛露霞问道。

“啊啊啊……我还以为你睡着了，不想打搅你。我要告诉你……一个好消息，很愉快的消息。卡列丽雅·伊万诺夫娜想住到我们家里来，是我请她来的。”

“这不可能！不能这么做！[①]你把什么人请来了？”

“为什么不可能？她是一个很好的女人……她将帮助你料理家务。我们把她安置在拐角上那个房间。”

“妈妈是在那个房间里去世的！这不可能！”

玛露霞抖动着身体，战栗着，好像被扎伤了似的，脸上泛起了红晕。

“这是不可能的！乔治，如果你要逼我同那个女人一起生活，就杀了我吧！亲爱的乔治，别这样！别这样！亲爱的！我求你了！”

“那么，她哪一点让你不喜欢呢？我不明白！她跟别的女人不一样……她聪明，快活。”

“我不喜欢她……”

“可是我喜欢她。我喜欢这个女人，并愿意她跟我住在一起！”

玛露霞哭了……她的脸由于绝望而变得很难看……

① 原文为法文。

"如果她要住在这里，我就去死……"

叶果鲁什卡轻轻地吹着口哨，走了几步，离开了玛露霞的房间，过了一分钟又进来了。

"借给我一个卢布。"他说。

玛露霞给了他一个卢布。她得设法减轻一点叶果鲁什卡的悲伤。因为，在她看来，他心里现在正进行着可怕的斗争：他对卡列丽雅的爱同他的责任感发生了冲突！

傍晚，卡列丽雅来找玛露霞。

"您为什么不喜欢我呢？"卡列丽雅拥抱公爵小姐，问道，"要知道，我是一个不幸的人！"

玛露霞挣脱她的拥抱，说：

"您没有什么地方可以使我喜欢的！"

为了这句话，她付出了很高的代价。一个星期后，卡列丽雅就住进了她妈妈死之前所住的那个房间。她认为首先要为这句话报仇。她选择了最粗暴的报复方式。

"您干吗要这样装腔作势呢？"每次吃饭时她都要问公爵小姐，"您既然那么穷，就不能装腔作势了，在好人面前该鞠躬才是。我要是知道您有这样的缺点，我就不住到您这里来了。我为什么要爱上您的哥哥呢？"她补充说，叹了口气。

她对玛露霞的贫穷进行种种责难、暗示和讪笑，最后是哈哈大笑。叶果鲁什卡对这种笑满不在乎。他认为自己对不起卡列丽雅，便顺从了她。可是这个台球记分员的老婆、叶果鲁什卡的情妇的愚妄的嘲笑却伤害了玛露霞。

每到傍晚玛露霞都在厨房里坐着，孤立无助、软弱、毫无主意，不住地流泪。泪水掉在尼基福尔的大手掌上。尼基福尔陪着她啜泣，给她讲一些往事，而往事却更加深她内心的痛苦。

“上帝会惩罚他们的！”他安慰她说，“您别哭了。”

冬天，玛露霞再一次到托波尔科夫诊所去。

当她走进他的诊室时，他正坐在圈椅上。他仍像从前那样漂亮，威严……这一次他脸上显得十分疲倦……眨巴着眼睛。睡眠不足的人总是这样的。他没有看着玛露霞，只是用下巴指一下对面的圈椅。她坐下来。

“他脸上表现出悲伤，”玛露霞看着他，想道，“他准是跟那个商人女儿过得很不幸福吧？”

他们默默地坐了一分钟。啊，她会多么愉快地对他诉说她的生活！她会对他讲许多他在任何印有法文或德文书名的书里都读不到的东西。

“我咳嗽。”她小声说。

医生扫视了她一眼。

“嗯……发烧吗？”

“是的，每天晚上都发烧……”

“夜里出汗吗？”

“是的……”

“把衣服脱下来……”

“怎么？”

托波尔科夫做出不耐烦的手势，指指自己的胸部。玛露霞红着脸，慢慢地解开胸口的扣子。

“请您把衣服脱下来，快一点，劳驾……”托波尔科夫说，把一个小锤拿在手里。

玛露霞把一只胳膊从袖口里抽出来。托波尔科夫很快地走到她跟前，刹那间就把她的连衣裙脱到了腰部。

“请把衬衣解开！”他说道，还没等玛露霞自己动手，他就解开了她衬衣领子的纽扣，接着使病人更惊恐的是，他拿起锤子在她那白净瘦削的胸脯上敲打起来……

“您把手放下……不要妨碍我，我不会把您吃掉的。”托波尔科夫嘟囔道。她涨红了脸，恨不得钻进地里去。

托波尔科夫敲打完后，开始听诊。她左肺尖的声音很浊。他很清楚地听见吵吵的杂音和不柔和的呼吸声。

“把衣服穿上吧。”托波尔科夫说，开始向她提一些问题：她的住所好吗？她的生活方式正常吗？等等。

“您必须到萨马拉[①]去！”他对她谈了许多正规的生活方式以后，说，“您要到那里去喝马奶，我说完了，您可以走了……”

玛露霞勉强扣好了纽扣，不好意思地给他五个卢布，又站了一会儿，便走出了深奥的诊所。

“他留下我足有半个小时，”她边想，边走回家去，“而我竟没有说话！没有说话！我为什么不跟他谈一谈呢？”

她回家的时候，没有想萨马拉，而是想着托波尔科夫医生。我干吗要到萨马拉去呢？不错，那里没有卡列丽雅·伊万诺夫娜，可是那里也没有托波尔科夫呀！

“去它的吧，什么萨马拉！”她一边走，一边生气，同时又感到高兴：他承认了她是病人，现在她就不必拘礼，可以随时到他那里去了，去多少次都行，哪怕每星期都去！在他的诊室里多么好，多么舒适！特别是那张放在诊室深处的长沙发。她很想跟他一起坐在这张长沙发上，谈谈各种各样的事，向他诉诉苦，劝他看病收费不要太高。对有钱人自然可以而且应该收费高，可是对穷病人应该打折扣才对。

“他不了解生活，不能区分穷人和富人，”玛露霞在想，

---

① 俄国地名，那里有疗养的地方。

"我得教会他！"

这次家里又有一场免费的戏等她去看。叶果鲁什卡躺在长沙发上，歇斯底里大发作。他又骂又哭，全身发抖，像发高烧似的。他喝醉了酒的脸上流着眼泪。

"卡列丽雅走了！"他说，"已经两个晚上没来家里睡觉了！她生气了！"

叶果鲁什卡的哭喊是多余的。傍晚卡列丽雅又来了，她原谅了他，并带他去了俱乐部。

叶果鲁什卡的放荡生活达到了顶峰……玛露霞的抚恤金不够他用，他便开始"工作"了。他向仆人借钱，靠打牌作弊骗钱，偷玛露霞的钱和物。有一次，他和玛露霞并排走着，从她口袋里偷去两个卢布。这是她攒起来准备买鞋用的钱。他一个卢布留给自己，另一个卢布给卡列丽雅买梨吃。熟人都离开了他。普里克朗斯基家旧日的客人们，玛露霞的熟人们现在都当着他的面叫他"骗子爵爷"。甚至当他向某个新朋友借到了钱，邀请花卉饭店的"姑娘们"一起去吃饭时，她们也怀疑地瞧着他，取笑他。

玛露霞看到了，也明白了这种放荡生活的顶峰。

卡列丽雅的放肆也在不断增长[①]。

"别翻我的衣服，劳驾！"玛露霞有一次对她说。

"翻一下您的衣服也没有什么，"卡列丽雅回答说，"您如果认为我是贼，那也……随便。我走就是了。"

而叶果鲁什卡却责备妹妹，并整整一个星期向卡列丽雅下跪，求她不要走。

然而这种生活并不能持续很久，一切小说都有一个结尾，这篇短短的小说也快要结束了。

① 原文为意大利语。

谢肉节[1]到了，接着就是预报春天来临的日子。白昼变长，房檐滴水，从野外送来新鲜的空气。呼吸到这种空气时，您就预感到春意了……

谢肉节期间的一个傍晚，尼基福尔坐在玛露霞的床边……叶果鲁什卡和卡列丽雅都不在家。

“我在发烧，尼基福尔。”玛露霞说。

尼基福尔啜泣起来，给她讲述往事，而往事却更加深她内心的痛苦……他谈到公爵、公爵夫人、他们过去的生活……他描述已故公爵打过猎的树林、公爵追捕过兔子的田野、塞瓦斯托波尔——已故的公爵过去在塞瓦斯托波尔负过伤。尼基福尔讲了许多，玛露霞特别喜欢听他讲述旧日的庄园，这庄园在五年前已卖掉抵债了。“那时我常到露台上去……春天开始了。我的天啊！眼睛简直离不开上帝的世界！森林还是黑的，可是从那里已经散发出了快乐的气息。多么美丽的小河，水很深……你的妈妈年轻的时候常去钓鱼……成天都在水里站着……她喜欢在外面待着……大自然啊！”

尼基福尔不停地讲，声音都变哑了。玛露霞听着，不让他离开。从老仆人的脸上，她看到了他给她讲的关于父亲、母亲和庄园的一切东西。她听着，看着他的脸，于是她又想活下去了，想活得幸福，到她母亲钓过鱼的河里去钓鱼……河流，河流后面是田野，田野过后是青绿色的森林，而这一切的上空则是亲切的阳光在照耀，给大地温暖……活着多好啊！

“亲爱的尼基福尔，”玛露霞小声地说，握着他那干枯的手，“亲爱的，明天你借给我五个卢布吧……这是最后一次了……可以吗？”

---

① 谢肉节，又称送冬节，烤薄饼周，是一个从俄罗斯多神教时期就流传下来的传统俄罗斯节日。后来由于俄罗斯民众开始信奉东正教，该节日与基督教四旬斋前的狂欢节有了联系。

“可以……我也只有五个卢布了，拿去吧，求上帝保佑您……”

“我会还你的，好人，你就借给我吧……”

第二天早晨，玛露霞穿上最好的连衣裙，用粉红色的带子扎上头发，到托波尔科夫家去。出门之前，她在镜子面前照了十多次。在托波尔科夫的前厅里，一个新的女佣人迎接她。

“您知道吗？”新的佣人帮玛露霞脱下大衣时对她说，“大夫看病至少收五个卢布……”

这一回候诊室里的病人特别多。所有的家具上都坐满了人，有个男人甚至坐在钢琴上。十点开始门诊，十二点停诊，开始做手术。下午两点再继续门诊。玛露霞直到四点才轮上看病。

她没有喝茶，疲惫不堪地等着。由于发烧和激动，全身哆嗦。她自己也不知道她是怎样在医生对面的圈椅上坐下来的。她脑子里空荡荡的，嘴里发干，眼睛里有一层云雾，透过这层雾她只看见他的脑袋在闪动……手和锤子在闪动……

“您去萨马拉了吗？”医生问她，“您为什么不去呢？”

她什么也没有回答。他敲了敲她的胸脯，然后又听了听。她的左肺尖的浊音已经扩大范围，几乎整个左肺都有了，连右肺尖也可以听见浊音了。

“您不必到萨马拉去了。您不要出去了。”托波尔科夫说。

玛露霞透过那层雾看到，在他那枯燥、严肃的脸上有一种近似同情的东西。

“我不去。”她小声说。

“您告诉您的父母亲，不要让您到外面去。您要避免吃不容易煮烂的粗食……”

托波尔科夫开始提出各种忠告，说得入迷了，又长篇大论起来。

她坐着，什么也没听见，只模模糊糊地看到他的嘴唇在动。她觉得他说得太久了。终于他停止了说话，站起来，眼睛看着她，等着她离开。

她没有走。她喜欢坐在这张很好的圈椅里，非常害怕回家，害怕见到卡列丽雅。

“我说完了，”医生说，“您可以走了。”

她转过脸来对着他，看着他。

“请不要赶我走！”医生哪怕是最初级的面相家，这时也会从她的眼神里读到这句话。

她的眼睛里流出了大颗的泪珠，两只胳膊无力地垂落在圈椅的两边。

“我爱您，医生！”她低声地说。

由于内心燃起烈火，她的脸上和脖子上泛起了红晕。

“我爱您！”她小声地又说一遍。她的头摇晃了两下，垂了下来，额头撞在桌子上。

而医生呢？医生……自从行医以来他第一次涨红了脸，两只眼睛眨巴着，就像受到罚跪的顽皮男孩一样。他从没听见过任何女病人对他说这样的话，而且是以这样的形式出现！没有任何一个妇女！莫非是他听错了？

心不安地翻动起来，怦怦地跳……他难为情地咳嗽起来。

“米科拉沙！”隔壁房里传来喊声，从半开着的房门里露出他那出身于商人家庭的妻子的两个粉红色的脸颊。

医生利用这一声叫喊，很快走出了诊室。他正好要找点什么借口，哪怕能摆脱一下这种尴尬的局面也好。

十分钟以后他回到自己的诊室时，玛露霞已经躺在长沙发上了。她仰面朝天地躺着，一只手与头发一起垂在地板上。玛露霞这时已不省人事了。托波尔科夫红着脸，心跳得厉害，悄悄地走到她跟前，解开她衣服上的扣子。他扯掉了一个领钩子，自己也不知不觉地就把她的连衣裙撕开了。从连衣裙的所有皱边里、线缝里、各个角落里掉下来许多东西，落在长沙发上。那是他的处方、他的名片和照片……

医生在她的脸上喷了一口水……她睁开了眼睛，用胳膊肘稍稍支起身子，看着医生，沉思起来。她在自问：我这是在哪儿呢？

“我爱您！”她呻吟道，认出了医生。

她那充满爱和祈求的目光停留在他的脸上。她看上去，就像是一只受了伤的小野兽。

“我该怎么办呢？”他问道，不知怎么办才好……他这一句话的声音，玛露霞有点辨认不出来了：不平稳，吐字也不那么清楚，而是柔和，几乎是温柔了……

她的胳膊弯了下来，脑袋便倒在沙发上，可眼睛仍旧瞧着他。

他站在她面前，从她的眼睛里看到了祈求。他感到自己陷入了极可怕的处境，心在胸膛里怦怦直跳，头脑里出现了某种从未有过的、陌生的东西……千百种不请自来的回忆，在他发热的头脑里翻动起来。这些回忆是从哪里来的呢？莫非是来自那双充满爱和祈求的眼睛？

他想起了幼年时代，想起了在老爷家擦茶炊。除了擦茶炊和后脑壳挨打外，他的记忆里还闪过了那些男恩人和穿着厚大衣的女恩人；闪过了宗教学校，由于他有个“好嗓子”，主人把他送去上学，在那里他挨过不少打，吃掺沙子的粥，后来转入宗教中学，在那里学拉丁语，挨饿，幻想，读书，同学校总务神甫的女儿谈恋爱。他还想起他违背恩人的意愿，从宗教中学逃跑，进入大学。他逃跑时身无分文，脚上穿着破鞋。那次逃跑多么有意思！在大学里他为了学习而挨冻受饿……艰难的道路。

他终于胜利了。他用自己的额头打通了一条通向生活的隧道……那又怎么样呢？他精通自己的业务，读许多书，干许多工作，还准备夜以继日地工作……

托波尔科夫斜视一眼胡乱放在桌子上的五卢布和十卢布的钞票；他还想起那些太太小姐们，这些钱就是从她们手里收下的。于是他脸红了……难道他走完那条艰难的道路，就只是为了这些五卢布的钞票和太太小姐们吗？是的，只是为了这些……

在这些回忆的逼迫下，他那威严的身材变得瘦小了，那种傲慢气也消失了，光滑的脸上出现了皱纹。

“我该怎么办呢？”他瞧着玛露霞的眼睛，又一次小声地说。

他在这双眼睛面前感到羞愧。

如果有人问：你在行医期间都做了些什么？得到了什么？你该作何回答呢？

五卢布和十卢布的钞票，除此就别无所有了！为了挣这些钞票，他把科学、生活、安宁，全都献出去了。而那些钞票则给了他公爵府一般的房子、讲究的桌子、马车，一句话，给了他一切所谓的“舒适”。

托波尔科夫想起了他中学时代的“理想”和大学时代的幻想，于是眼前的这些蒙着贵重丝绒的圈椅和长沙发，铺满地毯的地板，烛架和价值三百卢布的时钟，对他来说，统统都成了一摊可怕的黏糊的烂污泥了！

他走上前去，把玛露霞从她躺着的污泥里抱了起来，连胳膊和腿一齐高高地举起……

“你不要躺在这里！”他说，转身离开了长沙发。

仿佛是为了对他的举动表示谢意似的，她那美丽的亚麻色的头发像瀑布一样撒落在他的胸口上……在他的金丝眼镜旁边一双陌生的眼睛闪着亮光。这是什么样的眼睛啊！真想伸出手指去摸一摸它们！“给我喝点茶！”她小声说道。

第二天，托波尔科夫和她一起坐在头等车厢的一个包厢里。他送她到法国南部去。真是个奇怪的人！他知道她已经没有康复的希望，就像知道自己有五个指头一样……可还是要送她去。一路上他都在向她敲打、听诊、询问。他不愿意相信自己的知识，竭尽全力想从她的胸部敲打出，听诊出一点哪怕是最小的希望来！

至于钱，昨天他还那么尽心竭力地积攒，而如今在路上却大把大把地花出去。

现在，要是在姑娘的哪怕是一片肺叶上能听不到那该死的杂音的话，他情愿把所有的钱都献出去！他和她都多么想活下去啊！对于他们来说，太阳已经出来了，他们在等待白天……然而太阳没有把他们从黑暗中救出来，而且……晚秋已经开不出花来了！

公爵小姐在法国南部没有住满三天，就去世了。

托波尔科夫从法国回来后仍像从前一样地生活，像从前一样地为太太小姐们看病，积攒五卢布的钞票。不过，也可以看到他身上的一些变化。他同女人谈话时，眼睛总是往旁边看，往空地方看……不知为什么，他看着女人的脸，心里就非常害怕……

叶果鲁什卡活着并且很健康。他已经抛弃了卡列丽雅，现在住在托波尔科夫家里。医生把他接到家里来，对他倍加爱护。叶果鲁什卡的下巴使他联想起玛露霞的下巴，因此他容许叶果鲁什卡拿他的那些五卢布的钞票去纵饮作乐。

叶果鲁什卡非常满意。

（1882年）

一个官员之死

在一个美好的晚上，有一位同样美好的庶务官伊万·德米特里奇·切尔维亚科夫，他坐在第二排的椅子上，用望远镜在看《柯涅维勒的钟》。他看着戏，感到无上幸福。可是忽然……故事里常常会碰到这个“可是忽然”。作者们没有错：生活中充满许多意外的事！可是忽然他的脸皱了起来，两只眼睛翻转着，呼吸停住……他摘下望远镜，低下头，便……阿嚏！！！诸位看见，他打了个喷嚏。不管是谁，也不管是什么地方，打喷嚏是不禁止的。农夫打喷嚏，警察局长也打喷嚏，就连三品文官有时也打喷嚏。大家都打喷嚏。切尔维亚科夫丝毫不感到难为情，拿手绢擦了擦脸，像有礼貌的人那样，向周围瞧了一眼，看看自己的喷嚏是否打扰了别人。可就在此时，他不安起来了。他看见坐在他前面第一排的一个小老头正用手套使劲地擦拭自己的秃头和脖子，并小声嘟哝着。切尔维亚科夫认出这个小老头是在交通部任职的文职将军[1]勃里兹扎洛夫。

“我打喷嚏溅到他身上了！”切尔维亚科夫想，“他虽然不是我的上司，是其他部门的人，但终究使人尴尬，应该去赔个不是才对。”

“对不起，大人，我打喷嚏溅到你身上了……我不是有意的……”

① 沙俄时代三四级文官与少将武职相当，故也称将军。

“没关系，没关系……”

“看在上帝分上，请你原谅。我本来……我是无意的！”

“哎呀，请您坐下吧！让我听戏！”

切尔维亚科夫感到很难为情，傻笑着，开始看着舞台。他虽然在看，但已索然无味了。惶恐不安的心情开始折磨他。等到休息时，他便跑到勃里兹扎洛夫跟前，挨近他，克制着畏缩的心情，低声地说：

“我打喷嚏溅到你身上了，大人……请你原谅，我本来……这不是……”

“哎呀，够了……这事我已经忘记了，而您还没完没了！”将军说道，下嘴唇不耐烦地抖动了一下。

“忘记了，可他的眼睛里却有一种凶兆。”切尔维亚科夫想道，狐疑地看着将军，“他连话都不想说。需要向他解释清楚，我完全是无意的……这是自然规律。否则他会以为我是有意啐他。他现在不这么想，过后也会这么想的！……”

回到家里，切尔维亚科夫把自己不礼貌的举止告诉了妻子。他觉得妻子对所发生的这件事过于轻率：她先是大吃一惊，后来得知勃里兹扎洛夫是“其他单位的人”，就放心了。

“好歹你还是去道个歉吧！”她说，“他会以为你在公共场合不善于控制自己！”

“说的是啊！我道歉了，可他不知为什么有点儿怪……连一句中听的话也没有说，不过当时也没有工夫交谈。”

第二天，切尔维亚科夫穿上新的文官制服，理了发，便到勃里兹扎洛夫家里去解释……走进将军的客厅里，看见那儿有许多求将军办事的人，将军本人就在他们中间，他已经开始接受他们的呈文了。将军询问了几个请求人之后，便抬起眼睛看切尔维亚科夫。

“大人，要是你还记得起来的话，昨天在‘快乐之邦’戏院，”庶务官开始报告说，“我打了个喷嚏，于是……无意中溅了您……对不起……”

“多么肤浅的思想……上帝知道是怎么一回事！您有什么事？”将军对下一个请求办事的人说。

“他连话都不愿意跟我说！”切尔维亚科夫想道，脸色苍白，“就是说，他生气了……不行，这事不能就此丢下……我得去向他解释……”

当将军同最后一个求他办事的人谈完话，正朝室内走去时，切尔维亚科夫迈一步跟在他的后面，低声地说：

“大人，即或我斗胆地打搅了您，那我也可以说完全是出于悔过的心情……不是有意的，您要了解才好！”

将军做出哭丧的脸，一挥手说：

“您简直就是在开玩笑，先生！”他说完便走到门后面去了。

“这怎么是开玩笑呢？”切尔维亚科夫想了想，“这里丝毫没有开玩笑的意思！一位将军，却不能理解！既然是这样，我就再也不向这个爱夸口的人赔不是了！去他的吧！我给他写封信，再也不来了！真的，再不来了！”

切尔维亚科夫这样想着走回家去。他给将军的信没有写成。他想啊，想啊，无论如何也想不好这封信怎么写，只好第二天亲自去解释。

“我昨天才打搅了大人，”当将军抬起探询的眼睛看着他时，他低声说道，“并不是像您说的那样为了开玩笑，我是来赔不是的，因为我打喷嚏时，溅到您身上……至于开玩笑嘛，我连想都没有想过。我敢开玩笑吗？如果我们开玩笑，那就意味着我对要人……没有一点敬意了……”

“滚出去！！”将军突然大喊一声，脸色发紫，全身颤抖起来。

“什么？”切尔维亚科夫低声问道，吓得发呆了。

“滚出去！”将军跺起脚来，重复一遍。

切尔维亚科夫肚子里好像什么东西掉了下来。他什么也看不见，什么也听不见，倒退到门口，走到街上，步履蹒跚……机械地回到家里，没有脱去制服，躺在沙发上，就……死了。

（1883年）

变色龙

奥楚梅洛夫警官穿着新的军大衣，手里拿着一小包东西，穿过集市的广场。他后面跟着一个棕黄色头发的警士，警士提着一篮子盛得满满的没收来的醋栗。周围一片静寂……广场上一个人也没有……小铺子和小酒店敞开的大门，沮丧地面对这个世界，就像是一张张饥饿的大嘴。店铺附近连乞丐也没有。

“可恶的东西，你竟敢咬人！”奥楚梅洛夫忽然听见有人说话，“伙计们，别让它跑了！如今咬人可不行！捉住它！喂……喂！”

响起了狗的尖叫声。奥楚梅洛夫朝那边一看：一条狗正从商人毕丘金的木柴场里窜出来，它用三条腿在跑，边跑边不断地回头看。有一个穿着浆硬了的花布衬衣和开襟坎肩的人在后面追赶着它。他身体向前一倾，扑倒在地，抓住了狗的后腿。再次传来了狗的尖叫声和人的喊声：“别让它跑了！”从小铺里探出一张张没有睡醒的脸孔。很快地，木柴场门口便聚集了一群人，他们好像是从地底下钻出来的。

“长官，好像是出了什么乱子！”警士说。

奥楚梅洛夫做了个向左半转弯，开步向人群走去。在木柴场门口他看见了上述那位穿开襟坎肩的人站在那里，他举起右手，把血淋淋的手指给群众看。他那张半醉的脸让人一看就明白他很激动：“我要剥你的皮，坏蛋！”而且那手指本身就是胜利旗帜的见证。奥楚梅洛夫认出这个人是金首饰匠赫留金。在人群中央的地上坐着这场乱子的肇事者——一条白色小狗崽，它尖脸，背上有一块黄斑，两条前腿叉开，浑身颤抖，含泪的眼睛里流露出一种苦闷和恐惧的表情。

"这里出了什么事？"奥楚梅洛夫钻进人群里，问道，"你们在这里干吗？你伸着手指干吗？……谁在叫喊？"

"长官，我走着路，没有招谁惹谁……"赫留金用拳头顶着嘴咳嗽，开口说，"我跟米特里·米特里奇正在谈买卖木柴的事，突然，这头畜生竟无缘无故地咬了我的手指……对不起，我是要干活的人……我的活儿是很细致的，得给我赔偿才行。也许我这个手指一星期都不能干活了……长官，在法律上也没有这一条，说是人被畜生咬了还得忍着……要是人人都遭狗咬的话，那就不如不在这世界上活了……"

"哼！好吧……"奥楚梅洛夫严厉地说，咳嗽着，皱了皱眉头，"好……这是谁家的狗？这事我不会不管。我要给那些放狗咬人的人一点颜色看！现在该管一管那些不愿遵守法令的老爷们了！等这个恶棍被罚了款，他才会晓得，把狗和其他野牲口放出来会有什么后果！我要给他一点厉害看看！……叶尔兑林，"警官对警士说，"你去打听一下，这是谁家的狗，给我报告！这条狗必须杀掉，不得拖延！它大概是一条疯狗……我问你们，这是谁家的狗？"

"这好像是日加洛夫将军家的狗！"人群中有一个人说。

"日加洛夫将军家的？嗯……叶尔兑林，你将我的大衣脱下来……不得了，天气真热！大概就要下雨了……只是我有一点不明白，它怎么会咬你的呢？"奥楚梅洛夫对赫留金说，"难道它够得着你的手指头吗？它很小；而你呢，却是身躯魁梧，体格健壮！你的手指大概是被小钉子扎破了，后来却想出了这一招，好勒索人家一笔钱。你呀……谁都知道你是什么人！我可了解你们这些魔鬼！”

“他，长官，他为了取乐，把手卷纸烟打在狗的脸上，而它也是不好惹的，就咬了他……他是个微不足道的人，长官！”

“你胡说，独眼龙！你看都看不见，你为什么胡说呢？长官是聪明人，他明白谁胡扯，谁在上帝面前凭良心说话……我要是说谎，就让调解法官审判我好了，法律都有条文……如今大家人人平等……不瞒你说……本人的弟弟就在宪兵队里……”

“别扯啦！”

“不对，这条狗不是将军家的……”警士庄重地说，“将军家里没有这样的狗，他家的狗全都是大猎狗……”

“你了解得准确吗？”

“没有错，长官……”

“我自己也知道，将军家的狗都是些名贵的良种狗，而这条狗，鬼才知道是什么东西！不论是毛色还是模样……完全是下贱货。他家会养这样的狗？你有没有脑子啊？在彼得堡或在莫斯科这样的狗要是被人碰到了，你知道会怎么样吗？他们才不管什么法律不法律，一会儿就叫它断气了！你，赫留金，吃了苦，这事我不会不管的……需要教训他们一顿！是时候了……”

“不过也有可能是将军家的狗……”警士说出自己的想法，“它脸上又没有写着字……不久前我在他家的院子里就见过这样的狗。”

“没有错，是将军家的！”人群中有人说。

“哼，叶尔兑林老弟，给我穿上大衣……好像起风了……我觉得有点冷……你把这条狗带到将军家去问问他们。你就说，我找到了这条狗，把它送来了……你对他说，以后不要再放它出来了，也许这是一条名贵的狗，若是每个猪猡都把纸烟往它鼻子上扔的话，那么不久就把它毁了。狗是一种娇弱的动物嘛……而你，蠢货，把手放下！用不着把你那个荒谬可笑的手指摆出来！是你自己有过错！……”

“将军家的厨师来了，我们问问他吧……喂，普罗霍尔！你过来，亲爱的，到这里来！你看这条狗……是你们家的吗？”

“乱猜！我们从来就没有过这样的狗！”

“那就不用多问了，”奥楚梅洛夫说，“这是条野狗，不用多说了……我既然说它是野狗，那它就是野狗……杀了它就是了。”

“这条狗不是我们的，”普罗霍尔继续说，“这是将军哥哥的狗，他不久前来了。我们将军不喜欢这个小东西，但他哥哥喜欢……”

“他哥哥真的来了吗？符拉季米尔·伊万内奇来了？”奥楚梅洛夫问道，脸上露出了动人的微笑，“主啊，你瞧，我还不知道呢！他要来住些日子吧？”

“他要住些日子……”

“你瞧，主啊！……他想念弟弟了……而我还不知道呢！那么这是他的狗？我很高兴……你把它领回去吧……这条小狗还不错……挺伶俐的……它把这人的手指头咬了一口！哈哈哈！……好啦，你干吗还颤抖？嘟噜……嘟噜……小滑头生气了……少有的小狗崽……”

普罗霍尔呼唤小狗，带着它离开了木柴场。那群人则对赫留金哈哈大笑起来。

“我以后再收拾你！”奥楚梅洛夫对他威胁说，一面把大衣裹紧，沿着集市广场，径自走了。

（1884年）

苦恼

我向谁去诉说我的忧伤？……[1]

朦胧的黄昏，大块的、湿润的雪懒洋洋地在刚刚点亮的街灯周围旋转。屋顶上，马背上，肩膀上，帽子上铺上了一层又薄又软的积雪。马车夫约纳·波塔波夫全身雪白，像一个幽灵。他坐在车座上，一动也不动，弯着腰，弯到活人的身子所不能再弯的程度。哪怕是将一大堆雪倒在他身上，他也会觉得没有必要把雪从身上抖掉……他那匹瘦马也是全身雪白，一动不动。它那呆然不动的样子，棱角鲜明的外表和像棍子一样挺直的腿，简直就像是一戈比一块的马形蜜糖饼干。它多半是陷入了沉思。人们硬要它同犁耙分开，离开它已习惯了的灰色场地，被弄到这里来，弄到这充满怪异的灯光、不停地喧闹和熙熙攘攘人群的旋涡中来，那它就不能不心事重重了……

约纳和他的瘦马一动不动地停在那个地方很久了。还在午饭前他们就从大车店里出来，至今还没有拉到一次客。但是在城里，黄昏的暮色降临了，晦暗的街灯已显得活跃明亮，街道上也更热闹了。

“马车夫，到维堡区去！”约纳听见有人叫他，“马车夫！”

① 引自宗教诗《约瑟夫的哭泣和往事》。

约纳哆嗦了一下，透过黏着雪花的睫毛看见一个穿着有风帽的军大衣的军人。

“到维堡区去！”军人重说一遍，“你怎么，睡着了吗？到维堡区去！”

约纳拉了一下缰绳，表示同意拉客。于是他肩上和马背上的大片雪撒落下来……军人坐上了雪橇。车夫用嘴唇吧嗒一声，伸长其像天鹅颈般的脖子，稍稍欠起身来，与其说是出于必要，不如说是出于习惯，挥动着鞭子。瘦马也伸长脖子，弯曲着棍子一样的腿，犹豫不决地离开了原地方……

“往哪里闯？你这个怪物！”约纳一开始就听见从黑压压的来回流动的人群中传来了叫喊声，“鬼支使你到哪里去啊？靠右走！”

“你不会赶车！靠右走！”军人生气地说。

一个赶轿式马车的车夫大声呵斥他，一个行人气愤地瞪着他，抖掉袖子上的雪。此人穿越马路时，肩膀撞到了他的马的脸。约纳坐在车座上非常着急，如坐针毡，两个胳膊肘向两边戳，转动着眼睛，就像中了煤气的人一样，仿佛不知道自己在什么地方，也不知道为什么会在这儿似的。

“这些家伙真下流！”军人讥诮地说，“他们这是存心来撞你，或者是要扑到马蹄下面去。他们这是商量好了的。”

约纳回过头来看了看乘客，动了动嘴唇……看样子他想说点什么，但是喉咙里却什么东西也没有吐出来，只听见呼哧声。

“你说什么？”军人问。

约纳歪歪嘴苦笑一下，勉强启动嗓门，才沙哑地说：

“老爷，我的，那个……儿子，这个星期死了。”

“嗯！……他是怎么死的？”

约纳调转整个身子对乘客说：

“谁知道呢？大概是得了热病……在医院里躺了三天就死了……是上帝的意旨。”

“拐弯，魔鬼！”黑夜里有人在喊，“你瞎了眼还是怎么的，老狗，眼睛瞧着点！”

“走吧，走吧……”乘客说，“像这样，我们到明天也到不了。走快点！”

马车夫又伸长脖子，稍稍欠起身来，用一种并不轻松的优雅姿态挥动着马鞭。后来他几次回过头去看他的乘客，可是乘客闭着眼睛，显然是不愿意再听他讲了。他把乘客拉到维堡区后，在一家饭店门口停下来，然后在赶车座位上弯下腰，又一动不动了……湿润的雪又把他和他的瘦马染成了白色。一小时过去了，又一小时过去了……

人行道上走过三个年轻人，他们相互对骂着，套鞋踩得很响。其中两人又高又瘦，第三个是矮小的驼子。

“马车夫，到警察桥去！”驼子用刺耳的颤抖的声音说，“我们共三人……二十戈比！”

约纳拉动缰绳，嘴唇吧嗒一声。二十戈比的价钱是不合适的。不过他顾不上讲价了——一个卢布或者五个戈比，如今对他来说都是一样，只要有乘客就行。这几个年轻人推推搡搡，嘴里骂着下流话，走到雪橇跟前，三人一齐去抢座位，马上要解决一个问题：该哪两个人坐着，哪一个人站着？经过好长时间的互骂、耍脾气、责备之后，只好决定：驼子应站着，因为他最矮。

“好，赶车吧！”驼子用刺耳的声音说，对着约纳的后脑壳呼气，“快跑，喂，老兄，瞧你这顶帽子！全彼得堡也找不出比这更糟的了……”

"嘿嘿……嘿嘿……"约纳笑着说，"有什么就戴什么呗……"

"喂，你少废话，赶车吧！你一路就这样走吗？是吗？要挨揍吗？"

"我的脑袋痛得要裂了……"一个高个子说，"昨天在杜克马索夫家，我和瓦西卡两人喝了四瓶白兰地。"

"我不明白，干吗要撒谎呢？"另一个高个子生气地说，"他跟牲口一样撒谎。"

"我要是撒谎，就让上帝惩罚我！我说的是实话……"

"要说这是实话，那么虱子也会咳嗽了！"

"嘿嘿！"约纳笑道，"老爷们真开心！"

"呸！见你的鬼！……"驼子愤怒地说，"你还赶不赶车，老鬼？难道就这样赶吗？你抽它一鞭子！喏，魔鬼！喏！使劲抽！"

约纳感到自己背后驼子转动身体和说话的颤音。他听见了骂他的话，看见这些人，孤独的感觉就开始慢慢地从他的胸中离去了。驼子骂人，直骂得被一长串过分奇巧的骂人话呛得喘不过气来为止，并突发地咳嗽。两个高个子则谈到某个叫娜杰日达·彼得罗夫娜的女人。

约纳不时回头看看他们，等他们暂时停顿一下说话时，再一次回过头去，嘟哝道：

"我的那个……儿子……这个星期死了！"

"大家都是要死的……"驼子吁了一口气说，咳嗽一阵后，擦了擦嘴，"喂，你赶车吧，你赶车吧！先生们，照这样的走法，我实在受不了啦，他什么时候才能把我们送到呢？"

"那你就朝脖子上……给他一下，稍稍鼓励鼓励他吧！"

“老鬼，你听见没有，我真要揍你的脖子了！跟你们这些人讲客气，还不如走路好了……你听见没有，蛇妖[1]？莫非你根本就不把我们的话当一回事？”

约纳与其说是感到，不如说是听到了他后脑壳上挨打的声音。

“嘿嘿……”他笑道，“这些快活的老爷……愿上帝保佑你们！”

“马车夫，你有老婆吗？”高个子问。

“我吗？嘿嘿……快活的老爷！我的老婆现在，已经长眠地下了……哈哈哈！……就是说，在坟墓里！……我的儿子也死了，而我却活着……怪事，是死神认错了门，本来应该找我，却去找了我的儿子……”

约纳转过头来，想诉说一下他的儿子是怎样死的。可是，这时驼子轻松地吁了一口气，宣布说，谢天谢地，他们终于到了。约纳收下二十戈比后，许久地看着游逛者的背影。随后他们便消失在一个黑暗的大门里。他又成了孤单一人，寂静又向他袭来……刚刚淡化一点的苦恼重又出现了，而且更有力地撑破他的胸膛。约纳的眼睛彷徨而又痛苦地打量着街道两旁川流不息的人群，难道在成千上万人当中就找不到一个肯听他说话的人吗？但是这些人奔走着，既没有注意到他，也没有注意他的苦恼……莫大的苦恼，无边无垠，如果约纳的胸膛崩裂，从里面涌出来的苦恼，大概可以淹没整个世界。然而这苦恼却又是人们看不见的。它藏匿在这么一个渺小的躯壳里，就是白天打着火把也看不见它……

约纳瞧见一个拿着小麻袋扫院子的人，便决定去与他聊一聊。

---

① 俄罗斯童话里的一种凶恶动物。

“亲爱的，现在几点钟？”他问。

“九点多了……你干吗停在这里呢？把车子赶走吧！”

约纳把车子赶出几步，便弯下了腰。他完全被苦恼折服了……他认定向别人诉说也没有用了。但是没有过五分钟，他便挺直身子，摇摇头，好像感到了剧烈的痛苦似的。他拉起缰绳……他忍受不住了。

“回大车店去，”他寻思着，“回大车店去！”

瘦马好像明白了他的意思，开始小跑起来。一个半钟点以后，约纳已经在又大又脏的炉子旁边坐下了。炉台上、地板上和长板凳上，人们已经发出鼾声。空气又臭又闷……约纳瞧着这些熟睡的人，不时地搔搔自己的身体，后悔回来得太早了……

“连买燕麦的钱都还没挣到。”他想，“这就是我苦恼的原因。一个明白事理的人……他既能自己吃饱，也能让自己的马吃饱，这样他就会永远心平气和……”

墙角里一个年轻的车夫起来了，他带着睡意咳嗽一声，向水桶那边走去。

“想喝水吧？”约纳问。

“是啊，想喝水！”

“那您就随便喝吧……而我呢，老弟，我的儿子死了……你听说了吗？就在这星期，在医院里死的……竟有这样的事！”

约纳想看看他的话产生了什么影响，可是什么影响也没看见，年轻人盖上被子，把头也蒙上，睡着了。老头叹口气，搔搔身子……他想说话，就像这个青年人想喝水一样。他儿子死了快一星期了，而他还没有跟任何人好好地谈谈这件事……应当有条有理、有板有眼地跟人家谈谈才是……需要讲讲他儿子怎样生病，怎样痛苦，临死前说了些什么话，怎么死的……需要叙述一下儿子下葬的事和后来到医院取回衣服的事。他的女儿阿尼西娅留在乡下……关于她也得讲一讲……是啊，他现在要讲的事还少吗？听到他讲的人应该叹气，叹息，哭泣……跟娘儿们谈谈就更好。她们虽然都很蠢，不过说上几句话，她们就会哭起来的。

“去看看马吧，”他想，“睡觉，总是有时间的……别担心，总能睡够的。”

他穿上衣服，走进马厩里，他的马就站在那里。他想到燕麦、干草、天气……当他是一个人的时候，是不能想儿子的……跟别人谈谈可以，可是要自己去想他，描摹他的模样，那就太难受，太可怕了……

“你在吃草吗？”约纳问他的马，看着它那闪光的眼睛，“你就吃吧，吃吧……既然没挣到买燕麦的钱，那咱们就吃干草吧……是啊……我已经老了，赶车……本应由儿子来赶车，我已经不行了……他才是地道的马车夫……要是他活着就好了……”

约纳沉默了一会儿，又继续说：

“就是这样，老弟，我的小牝马……库兹马·约内奇不在了……他去世了……无缘无故地死了……譬如，现在你有了小马驹，你就是这个小马驹的亲娘了……而突然间，譬如，这个小马驹去世了……你难道不伤心？”

瘦小的马嚼着干草，听着，并在他主人的手上吁气。

约纳说得入迷了，他给它讲述了一切……

（1886年）

万卡

万卡·茹科夫是个九岁的小男孩，三个月前他被送到阿利亚兴鞋匠那里当学徒。圣诞节前夜他没有上床睡觉，等老板和师傅们都外出去做晨祷后，他便从老板的橱柜里取出一瓶墨水、一支笔尖带锈的钢笔，并在自己面前展开一张揉皱了的纸，动手写信。在写第一个字之前，他几次胆怯地回头望了望门口和窗子，斜眼看了看那模糊不清的圣像和两旁摆满了鞋楦的架子，断断续续地叹着气。纸铺在一条长凳子上，他就跪坐在长凳的前面。

"亲爱的爷爷，康斯坦丁·马卡雷奇！"他写道，"我在给你写信，祝您圣诞节好，愿上帝保佑你一切顺利。我没爹没娘，就剩你一个是我的亲人了。"

万卡把目光投向黑蒙蒙的窗户，窗户上映出了蜡烛的影子。他生动地想起自己的祖父康斯坦丁·马卡雷奇——日瓦列夫老爷家的守夜人的模样。这是个身材矮小瘦弱，却又异常灵活机警的小老头，年龄在六十五岁左右，有一张老是带笑的脸和一双醉眼。白天他在厨房里睡觉，或是跟厨娘们开玩笑；晚上就穿上肥大的羊皮袄，在庄园四周来回走动，敲着梆子。跟在他后面的是耷拉着脑袋的两条狗，一条老母狗叫"卡什坦卡"，一条牡犬叫"泥鳅"。后者得此外号，是因为它毛呈黑色，身体细长，像条伶鼬。泥鳅非常恭顺亲热，不论见着自己人还是陌生人都同样热情，可它是靠不住的——在它的恭顺和谦逊背后，却隐藏着最最诡谲的奸毒。任何一条狗也不如它善于抓住时机，悄悄地走到人的背后，在腿上咬一口，或者钻进冰窖里偷农民的鸡吃。它已不止一次被人打断了后腿，有两次人家把它吊起来，每星期都被打得半死，然而它每次都能活下来。

现在祖父也许就站在大门口，眯起眼睛看着乡村教堂鲜红的窗子，或者是用穿着高筒毡靴的脚踩着步子，跟仆人们在开玩笑。他的梆子系在腰上，由于寒冷，他时而拍拍双手，时而缩缩脖子；一会儿在女仆身上捏一把，一会儿又在厨娘身上捏一把，发出老年人的笑声。

“咱们来闻闻鼻烟好吗？”他说，把鼻烟送到女人们的跟前。

女人们闻了鼻烟，打起喷嚏来了。祖父乐得不得了，发出一阵阵笑声，并大声说：

“快擦掉，不然就冻住了！”

他又拿鼻烟给狗闻。卡什坦卡直打喷嚏，扭动着嘴脸，委屈地走到一边去了。泥鳅则出于表示恭顺，没有打喷嚏，只是摇摇尾巴。天气非常好，天空中没有风，空气清澈而新鲜。夜虽然很黑，但整个村子及其白房顶都清晰可见，从烟囱里冒出来的一缕缕烟雾、蒙上了一层霜而变成了银白色的树木、雪堆也都能清楚看见。天上满布的星星欢快地眨着眼睛，银河显得如此清楚，好像节日前有人用雪把它洗过擦过似的……

万卡叹了一口气，用笔尖蘸了一下墨水，继续写道：

“我昨天挨了一顿打。老板揪住我的头发把我拖到院子里，用鞋工皮带把我痛打一顿，为的是我在摇他孩子的摇篮时，一不小心睡着了。上星期老板娘叫我收拾一条青鱼，我先从尾巴上下手，她便抓住青鱼，用鱼头朝我的脸上戳。师傅们也取笑我，支使我到小饭馆去买酒，唆使我去偷老板的黄瓜，老板则随手拿到什么就用什么打我。吃的什么也没有，早上吃面包，中午喝稀粥，晚上还是面包。至于茶和菜汤，那是只有老板一家人才能大吃大喝的。他们叫我睡在穿堂里。他们的孩子一哭，我就根本不能睡觉，得去摇摇篮。亲爱的爷爷，你就发发慈悲吧，带我离开这里，回家去，回村子里去。我再也没法待下去了……我叩头求你了。我将永远为你祈祷上帝，你就带我离开这里吧，否则我就要死了……”

万卡瘪着嘴，用黑黑的小拳头揉了揉眼睛，啜泣起来。

“我会给你搓烟叶，”他继续写道，“为你祈祷上帝。要是我做错了事，你就像抽打西多尔的山羊那样抽我吧。如果你觉得我没有合适的事可做，我就去求总管看在基督面上，让我去给他擦鞋，要不就替费季卡去做牧童。亲爱的爷爷，我再也待不下去了……简直就是死路一条了。我本想徒步跑回村子，可我没有皮靴，我怕冻着。等我长大了，我一定报答你，供养你，不让任何人欺侮你；等你死了，我就祈祷上帝，让你灵魂安息，就跟为妈妈彼拉格娅祈祷一样。

“莫斯科是个大城市，房子全都是老爷们的。马很多，却没有羊，狗也不凶。这里的孩子不举着星星游玩，唱诗班也不随便让人参加。有一次我看见一个铺子的橱窗里摆着钓鱼钩卖，还带着钓丝，什么鱼都能钓，很不错。有一只钓钩甚至能钓起一普特重的鲶鱼呢。我还看见一些铺子卖各种枪，跟老爷的枪差不多，每杆枪恐怕得卖一百卢布……肉铺既卖野乌鸡，也卖松鸡和兔子，而这些东西是从哪里打来的呢，可掌柜的不肯说。

“亲爱的爷爷，等老爷家摆上挂有礼物的圣诞树时，你就给我摘一个金黄色的小桃子，把它放在一个绿色的小箱子里。你去向奥丽加·伊格纳季耶夫娜小姐要吧，就说是万卡要的。”

万卡抽搐着叹了一口气，又凝视着窗子。他回想起爷爷经常到森林里去给老爷砍圣诞树，还带着小孩子去，那时候可好玩啦！爷爷发出嘎嘎声，寒气发出嘎嘎声，万卡也跟着他们嘎嘎地叫。爷爷去砍树之前，通常总是先吸一袋烟，久久地闻着鼻烟，对万卡开开玩笑……那些小云杉披着霜雪，一动不动地立在那里，等着看谁先被砍死。不知从哪儿突然跑出一只野兔，箭也似的从雪堆上窜过去……爷爷便忍不住喊道：

“抓住它，抓住它……抓住它！嘿！秃尾巴鬼！”

爷爷把砍下来的云杉拖回老爷家里，那边就开始把它装点起来……最忙的是奥丽加·伊格纳季耶夫娜小姐，她是万卡特别喜爱的人。万卡的母亲彼拉格娅在世时也在老爷家当女仆，奥丽加·伊格纳季耶夫娜就给万卡吃水果糖，没有事的时候就教他读书、写字，数数到一百，甚至还教他跳卡德利舞。可是彼拉格娅死了后，孤儿万卡就被送到仆人厨房里跟爷爷过了。后来离开厨房又到莫斯科鞋匠阿利亚兴的铺子里来了……

“亲爱的爷爷，你来吧，”万卡继续写道，“我为你向基督上帝祈祷，你带我离开这里吧，你就可怜可怜我这个不幸的孤儿吧，要不我还要挨他们所有人的打，而且我饿得很，烦闷得没法说，老是哭。前几天老板用鞋楦头打我的脑袋，把我打昏在地，好不容易才醒过来。我的生活苦极了，比狗都不如……替我向阿莲娜、独眼龙叶戈尔和马车夫问好，不要把我的手风琴送给别人。你的孙子伊万·茹科夫上。亲爱的爷爷，你来吧！”

万卡把写好的信叠成四折，把它放进信封里。这个信封是他昨天花一戈比买的……他想了一下，用钢笔蘸了蘸墨水，写上地址：

寄乡下爷爷收

然后他搔搔头，想了想，补写上：

康斯坦丁·马卡雷奇

他很高兴，写信时竟没有人来打扰他。他戴上帽子，没有把皮袄披上，只穿着衬衣，就跑出去了……

昨天晚上他向肉铺的伙计们打听过，伙计们告诉他，把信丢进邮筒里，然后醉醺醺的车夫就会驾着邮车把信从邮筒里取出来，带着响亮的铃铛，分送到各地去。万卡跑到最近的一个邮筒跟前，把那封宝贵的信塞进邮筒的缝里……

在一种甜美的希望的催眠下，一小时后他就睡熟了……他梦见了一个炉子，炉子旁边坐着祖父，垂着一双赤脚，在给厨娘们念信……泥鳅在炉子旁边摇着尾巴转来转去……

（1886年）

乞丐

“先生！发发慈悲，关照一下我这个不幸的、饥饿的人吧。我已三天没有吃饭了……我连过夜的五戈比都没有……我敢向上帝发誓，我说的全是实话！我当了八年的乡村教师，后来由于地方自治会的倾轧，使我丢掉了这份工作，成了告密的牺牲品。现在我失业已有一年了。”

律师斯科沃尔佐夫看了看这位乞讨者穿的瓦灰色的破大衣，看了看他那双浑浊的、醉醺醺的眼睛及其两颊上的红斑点，觉得好像以前在什么地方看见过此人。

“现在有人给我在卡卢加省谋到一个职位，”乞讨者接着说，“可是我却没有到那边去的路费，就请您帮个忙，行行好吧！真不好意思求您，可是……环境所逼呀。”

斯科沃尔佐夫看了看他的套鞋，其中一只是高腰的，另一只则是矮腰的。于是他突然想起来了。

“您听着，前天我好像在花园街碰到过您，”他说，“可是您当时对我说过，你并不是乡村教师，而是大学生，被学校开除了。您还记得吗？”

“不……不是……不可能！”乞讨者显得很尴尬，支支吾吾地说，“我是乡村教师，如果您乐意的话，我可以拿证件给您看。”

“您撒谎！您当时称自己是大学生，您甚至还告诉了我，您是为啥被学校开除的。还记得吧？”

斯科沃尔佐夫气得满脸通红，带着憎恶的表情离开这个穿破大衣的人。

“这很卑鄙，先生！”他生气地叱责道，“这是欺骗！我要把您送到警察局去。见鬼去吧！您贫穷，您饥饿，但这并没有给您权利可以厚颜无耻、昧着良心去撒谎。”

这个穿破大衣的人抓着门的把手，像一个被当场逮住的小偷，张皇失措，四周打量着前厅。

“我……我没有撒谎，先生……”他嘟哝道，“我可以拿证件给您看。”

“谁会相信您呢？”斯科沃尔佐夫继续愤懑地说，“要知道，您这是在利用社会对乡村教师和大学生的同情。要知道，这极其下流，卑鄙，肮脏！真令人气愤！”

斯科沃尔佐夫非常生气，以最无情的方式痛斥了这位乞讨者。这个穿破大衣的人的无耻谎言激起了他的厌恶和反感，因为他侮辱了斯科沃尔佐夫本人所十分热爱和珍重的东西：善良、软心肠、对不幸者的同情等。而这个“人”用自己的谎言骗取别人的善心，也就玷污了他以纯洁的心灵周济穷人的那种施舍。穿破大衣的人开始时还为自己辩解、发誓，不过，后来便无话可说，感到羞耻了，低下了头。

“先生！”他把手贴在胸口上说，“的确，我……撒了谎！我不是大学生，也不是乡村教师。所有这些都是捏造的，我原来是在俄罗斯合唱团里做事，由于酗酒，我被开除了，可是我能怎么办呢？向上帝保证，说实在的，不撒谎不行啊！我要是说实话，谁也不肯对我施舍。说真话我就得饿死、冻死在街头。您的意见是对的，我懂，可是……我有什么办法呢？”

“什么办法？您问我有什么办法？”斯科沃尔佐夫走近他大声喊道，“您去干活，这就是办法！应该去干活！”

“干活……这我自己也知道，可是哪里能找到活干呢？”

“胡说！您年纪轻轻，健康，有力气，总是能找到活干的，只是看您想不想干罢了。其实您很懒、娇生惯养、酗酒，您就像一个刚从下等酒馆走出来的人，全身冒着酒气！您撒谎成性，坏透了，只会沿街乞讨和撒谎！即便您什么时候能屈尊同意干点事，也得给您找个不干活只拿钱的地方，例如坐办公室、当俄罗斯合唱队员或台球记分员之类的差事才成！难道您肯干体力活吗？要您去看院子或进工厂当工人，恐怕就不肯去了。要知道，您是个很自负的人。”

“您怎么能这样说呢，真是的……”乞讨人说，苦笑了一下，“我到哪里去找体力活呢？去当小伙计吗，已经晚了，因为做生意必须从学徒开始；去看院子吗，谁也不会要我，因为我容不得别人对我乱支使……工厂也不会收我，因为得有手艺才行，而我却什么也不会。”

“胡说！您总能找到辩解的理由！那么您愿意去劈柴吗？”

“我不拒绝，不过眼下那些真正的劈柴工人也在家闲着挨饿。”

“嘿，所有的寄生虫都是这么说的。真要叫您干时，您就拒绝了。愿不愿意到我家去劈柴呢？”

“好啊，我去……”

“好，我们等着瞧……好极了……我们会看到的！”

斯科沃尔佐夫立即就着手安排，不无幸灾乐祸地搓搓双手，将厨娘从厨房里叫出来。

“喂，奥丽加，”他对厨娘说，“把这位先生带到板棚里去，让他在那里劈柴。”

穿破大衣的人耸耸肩膀，有点大惑不解的样子，犹豫不决地跟着厨娘走了。从他走路的步态可以看出，他之所以同意去劈柴，不是因为他饥饿或者想挣点钱，只不过是碍于自尊心和面子罢了，因为说出去的话也不能收回；同时也明显地可以看出，由于酗酒，他的身体非常衰弱了。他不健康，而且对干活没有丝毫兴致。

斯科沃尔佐夫赶忙走进饭厅。那儿有一扇朝院子开的窗户，从窗口可以看到堆放木柴的板棚以及院子里发生的一切事情。斯科沃尔佐夫站在窗边，看着厨娘和穿破大衣的人正从后门来到院子里，沿着泥泞的雪地向板棚走去。奥丽加生气地打量着自己的同行者，用胳膊肘向两边一抻，撞开板棚的门，恶狠狠地弄得门砰的一声响。

“大概我妨碍这个女人喝咖啡了，”斯科沃尔佐夫想道，“多么凶的女人！”

接着他看见这位假教师和假大学生在一块粗木头上坐下来，用拳头支着两颊在想心事。女人拿来一把斧子，扔在他的脚下，凶巴巴地啐了一口唾沫。从她嘴唇的动作看，她已经在骂人了。那位穿破大衣的人犹豫不决地拖来一块木头，放在自己的两腿之间，轻轻地劈了一斧子，木头晃了晃便倒了；穿破大衣的人又把它拉过来，吹了吹自己那双冻僵了的手，再一次小心翼翼地用斧子劈下去，好像是害怕劈到自己的套鞋或自己的手指似的。木头又倒下了。

斯科沃尔佐夫的火气已经消了，他为自己强逼这个娇生惯养、酗酒成性，而且可能有病的人在严寒下干粗活而感到有点不好受和惭愧。

“得啦，没有什么，让他干吧……”他边想边从饭厅回到了书房，“我这也是为他好。”

过了一小时，奥丽加来报告说，木柴已经劈好了。

“那好，给他半个卢布吧，”斯科沃尔佐夫说，“如果他愿意干的话，就让他每个月的初一来劈柴……总会有活儿干的。”

后一个月的初一，穿破大衣的人又来了。尽管他几乎连站都站不稳，却又挣到了半个卢布。从这时起，他就经常到院子里来了，而每次都能给他找到活干：有时叫他把积雪扫成堆，有时收拾收拾板棚，有时清除一下地毯和床垫上的灰尘，每一回他都可以挣到二十至四十戈比，有一次主人还给了他一条旧裤子。

斯科沃尔佐夫搬家时，也雇他来收拾收拾东西和搬运家具。这一次穿破大衣的人没有喝酒，但比较郁闷，不言语，他只是摸了摸家具，低着头，跟在货车后面走，甚至也不努力装得积极一点，而是怕冷地缩着身子；马车夫笑他游手好闲，笑他无能，笑他穿破烂的贵族大衣时，他显得很尴尬。搬家完了后，斯科沃尔佐夫吩咐人把他叫了过来。

“喂，我看到，我的话对您还是起了作用。”他说，并给了他一个卢布，“这是给您的劳动报酬。我看得出，您现在已不喝酒，也不反对干活了。您叫什么名字？”

“卢什科夫。”

“卢什科夫，我现在可以给您介绍另一份工作。您会写字吗？”

“会，先生。”

“那么明天您就拿着这封信去找我的一个同事，您会从他那儿得到一份抄写的工作。好好干，别再酗酒，别忘了我对您说过的话。再见！”

斯科沃尔佐夫感到满意的是，他把一个人扶上了正道。他亲切地拍了拍卢什科夫的肩膀，甚至告别时还与他握了手。卢什科夫拿了信就走了，此后再也没有到院子里来干活。

过了两年。有一天斯科沃尔佐夫站在剧院售票处旁，正要付钱买票时，看见身边站着一个身材矮小的人，他身穿带羊羔皮领子的大衣，戴一顶旧海狗皮帽。这个小个子怯生生地向售票员要了一张最顶层的廉价戏票，付了几枚五戈比的铜币。

“卢什科夫，是您吗？”斯科沃尔佐夫问道，认出了此人就是他家先前的劈柴工，“喂，怎么样？您现在在干什么？生活好吗？”

“还过得去……我现在在一个公证人那里工作，月薪三十五卢布，先生。”

“好啊，谢天谢地！太好了！我为您感到高兴，非常非常高兴，卢什科夫！要知道，从某种意义上讲，您是我的教子。要知道，是我把您扶上了正道。您还记得我是如何责骂您的吗？啊？当时您羞得差一点就要往地下钻了。好了，谢谢您，我的朋友，您一直没有忘记我的话。”

“我也要感谢您，”卢什科夫说，“要是我当时不是上您家去干活，也许我至今还说自己是教师或者大学生呢。是的，在您那儿我得救了，我跳出了泥坑。”

“我非常高兴，非常高兴。”

“谢谢您那些善意的话和您所做的种种善事。您当时说得非常好，我要感谢您和您的厨娘。愿上帝保佑这个善良、高尚的女人永远安康。您当时说得非常好，我一生都将记住您的恩情，不过真正挽救我的其实是您的厨娘，奥丽加。”

“这是怎么一回事呢？”

“是这样的：当时我上您家去劈柴。开始时她也说：‘唉，你呀，一个酒鬼！你是个该诅咒的人！你怎么还不快死去呢！’可后来，她就面对着我坐下来，满脸愁闷，盯着我的脸，哭着说：‘你是个不幸的人！在这个世界上你没有一点乐趣，就是到了阴间，一个醉鬼也只有下地狱，被火烤。你这个苦命鬼啊！’您知道，她老是说这些话。她为我生过多少气，流过多少泪，这我就没有办法对您说清楚。我只知道，是她的话，她的高尚行为使我的灵魂发生了变化，是她挽救了我。这我将永世不忘。不过时间到了，剧院的开幕铃声就要响了。”

卢什科夫行了一个礼，便到最顶层的座位上去了。

（1887年）

六号病房

一

医院的院子里有一幢小厢房，它的周围长满了牛蒡、荨麻和野生的大麻。厢房的房顶已经生锈，烟囱一半已经坍塌，门廊的阶梯已经朽坏，长满杂草，墙上的灰泥也只剩下一些痕迹了。厢房的正面对着医院，后面则是田野，中间由一道埋有钉子的医院的灰墙隔开。这些尖端朝上的钉子、围墙以及厢房本身，都有一种特别令人沮丧的、天地难容的景象。在我们这里，只有医院和牢房才是这样。

如果您不怕被荨麻扎着，就请您沿着通向厢房的那条狭窄的小道走过去，看看里面在干什么。推开第一扇门，我们便来到前堂。在这里，墙边、炉子旁边丢着大堆大堆的医院里的破烂：褥垫、破旧的病号服、裤子、带蓝条子的衬衣、不能穿的破鞋等。所有这些破烂都随便地堆在一起，又脏又乱，正在腐烂，散发出一股令人窒息的臭气。

看守人尼基塔是一个年老的退伍军人，还戴着褪成了红褐色的军章，他躺在那堆破烂上，牙齿间老是衔着一支烟头。他有一张严肃、枯瘦的脸，眉毛耷拉下来，给这张脸平添了几分草原牧羊犬的神态；他红鼻子，小个子，虽然外表干瘦，青筋嶙嶙，却是器宇轩昂，两只拳头粗壮有力。他属于那种心眼不多、颇受赏识、勤勉可靠、脑子迟钝的人。世界上他最喜欢的是安分守己，因此他坚信，有些人是该打的。他打他们的脸、胸口、背脊，碰到哪儿打哪儿。他坚信，不打，这里就要乱了。

往前，您走进一个宽敞的大房间。如果不算前堂的话，这个房间就是整个厢房。墙壁上涂了一层浑浊的浅蓝色颜料。天花板被烟熏得很黑，就跟没有烟囱的农舍一样。显然，这里冬天炉子经常冒烟，并且有煤气。窗子从里面钉了一块铁格栅，很难看；地板是灰色的，也没有刨平。酸白菜、灯芯、臭虫、阿摩尼亚，发出难闻的气味。这种气味让您一进屋就觉得好像进了动物园。

房间里放着几张床，床脚钉在地板上。床上坐着或躺着一些人，他们穿着蓝色的病号服，戴着老式的尖顶帽子。这是一些疯子。

这里共有五个人。只有一个是贵族身份，其余都是小市民。靠门的第一个是又高又瘦的小市民，红黄色的唇髭闪着亮光，眼睛带着泪痕，用手托着脑袋坐着，老是盯着一个地方。他白天黑夜都发愁、摇头、叹气、苦笑，他很少跟人说话，人家问他，他也总是不回答。给他吃东西，他就机械地吃下去，喝下去。从他所受的痛苦、他不停的咳嗽、他的瘦削和双颊的红晕判断，他正开始害肺病。

他旁边是一个矮小、灵活好动的小老头，留着一把尖削的胡子和一头像黑人那样卷曲的黑头发。白天他在病房里从一个窗口到另一个窗口来回踱步，或者是像土耳其人那样盘着腿坐在自己床上，并且像灰雀那样不停地吹口哨，小声地唱歌，嘿嘿地笑。他这种孩子般的欢乐和活泼性格同时也表现在晚上。他起来祈祷上帝，那就是用双拳捶打自己的胸口，用手指抓门。这是犹太人莫依谢依卡——一个傻子，他是在二十年前因为自己的制帽作坊被大火烧毁而发疯的。

在六号病房的所有病人中，唯有他一人被允许可以走出病房，甚至可以离开医院的院子到街上去。这种特权他已经享受了很久，大概因为他是医院里的一个老病号，而且是一个安静的、与人无害的傻子，给人逗乐的小丑。他在街上被小孩和狗包围的情景，城里人早已看惯了。他穿着破旧的病号服，戴着可笑的尖顶帽，穿着拖鞋，有时赤着脚，甚至没有穿长裤就在街上走来走去，在院门口或小铺子门口站着乞讨小钱。有的人给他喝点格瓦斯[①]，有的给他一点面包，有的给他个把戈比。这样，他回到病房时，水足饭饱，钱袋满满的。而他带回来的所有东西，马上统统都被尼基塔搜去归自己了。这个兵干得很粗暴，怒冲冲地查翻犹太人的口袋，而且要让上帝作证，他保证今后永远不会再让这个犹太人上街，说什么这种不安分的事对他来说，比世界上任何东西都要坏。

莫依谢依卡喜欢替别人效劳。他给同伴端水；他们睡着了，就给他们盖被子。他答应每个人说，他从街上回来时要给每人一个戈比，并给每人缝一顶新帽子。他还用汤匙喂他左边的一个邻居吃东西，因为那人是一个瘫子。他这样做不是出于同情，也不是出于某种人道主义性质的考虑，而是在模仿他右边邻居格罗莫夫的做法，是无形中受了他的影响。

伊万·德米特里奇·格罗莫夫，一个三十岁左右的男子，贵族家庭出身，过去是法院的民事执行吏和十二品文官，患被害妄想症。他要么蜷缩着身体躺在床上，要么就从这个角落走到那个角落，好像在做保健散步。他很少坐着。他总是处于焦躁、激

---

① 格瓦斯，是一种盛行于俄罗斯、乌克兰和其他东欧国家的，含低度酒精的饮料，用面包干发酵酿制而成，颜色近似啤酒而略呈红色。

动、紧张的精神状态，好像在等待某种令人不安的、不明确的东西。哪怕是前堂传来一丁点儿沙沙声或院子里有人喊一声，他也会抬起头，立即仔细地倾听：这是不是来抓他的？是不是在找他？这时，他的脸上便现出极其不安和嫌恶的表情。

我喜欢他那张宽大的高颧骨的脸。他的脸总是那么苍白和不幸，像镜子一样反映出一个被抗争和长期的恐惧所折磨的灵魂。他的这种苦脸是奇怪的、病态的，可是深刻真实的苦难刻印在他脸上的细纹，却显出了理智和文化修养，眼睛里放射出温暖和健康的光辉。我也喜欢他本人，他谦恭、乐于助人；他对所有人，尼基塔除外，都异常客气。不管谁掉了一个扣子或一把勺子，他都立即从床上跳下来，替人捡起来。每天早晨他都向自己的同伴们道早安；睡觉的时候，则向他们道晚安。

除了经常处于紧张状态和愁眉苦脸外，他的疯狂病还表现在下列几个方面：每到傍晚，他有时会把短小的病号服裹得紧紧的，全身发抖，牙齿打战，开始在房间里来回走，或者在床铺之间走来走去。看上去，他好像在发高烧。有时，他会突然站住，盯着同伴，显然是想说什么很重要的话；但看来他又想到人们不会听他讲话，或者是听不懂他的话，便急躁地摇摇头，继续走来走去。很快，说话的欲望压倒了一切其他考虑而占了上风，他便不由自主地说起来，热烈而又激越。他说得语无伦次，像是梦呓，断断续续，常常叫人听不懂。然而不论在他的话里还是声音里都可以听到一种非常好听的东西。他一说话，您就会听出来他既是疯子，又是正常的人。他那些疯话是很难用文字来表达的。他说到人的卑鄙，说到践踏真理的暴力，说到将来会在地球上实现的美好的生活，说到每时每刻都使他想起暴虐者的麻木不仁和残忍的铁格栅。结果他的话就成了由古老的但又还没有唱完的歌合成的一首杂乱无章而又不连贯的什锦曲了。

二

十二至十五年前，文官格罗莫夫就住在本城大街上自己的房子里，他是一个有名望有家产的人。他有两个儿子：谢尔盖和伊万。谢尔盖是四年级的大学生，得急性肺痨病死了。他这一死，就成了突然降到格罗莫夫家一连串灾难的开端。谢尔盖安葬后一个星期，老父亲便因伪造文件和挪用公款而受法庭审判，不久便在监狱医院里因害伤寒病死了。房子和全部动产都被拍卖，撇下伊万·德米特里奇和母亲，而他们已经没有任何财产了。

原先父亲在世的时候，伊万·德米特里奇住在彼得堡，在大学读书，每月收到六十至七十卢布，根本不知道什么叫穷。可现在他的生活却一下子改变了。他必须从早到晚去做家教，做抄写工作。就这样还仍旧要挨饿，因为他把所有的收入都寄给母亲做生活费了。伊万·德米特里奇受不了这样的生活，他泄气了，身体也吃不消，便丢下大学学业，回家去了。在这里，在城里他托人在县立学校里谋到了一个教员的职位，可是他跟同事们合不来，学生也不喜欢他，很快又丢弃了这个职位。他母亲去世了，他有半年没有找到工作，光靠面包和水度日，后来当了法院的民事执行吏。直到他因病被辞退，他一直在干这个差使。

他甚至在年轻的大学生时代就从来没有给人以健康的印象，他很瘦弱，老是生病，经常伤风感冒。他吃得很少，睡眠很差，喝上一小杯葡萄酒头就晕，他有歇斯底里病。他想跟人们接近，可是由于他易激动和性格多疑，他跟谁也难亲近，没有朋友。对城里人他总是批评，瞧不起，说他们的愚昧无知、浑浑噩噩的兽性生活既卑鄙又讨厌。他说话是男高音，响亮、激越，不是愤懑、愤怒，就是高兴、惊讶，但永远是真诚的。不管您跟他说什么，他都把您引到一个话题上：在这个城市生活既烦闷，又无聊，交往的人们中没有高尚的趣味，他们过的是晦暗的无意义的生活，那里只有形形色色的暴力、粗野的淫荡和伪善。卑鄙的家伙吃得饱、穿得好，正直的人却忍饥受寒。需要兴建学校，办方向正确的地方报纸、剧院、公开的讲座，团结知识界的力量；需要让社会认识自己，感到震惊。他评判人们的时候，都要涂上浓重的色彩，只有白色和黑色，不承认有任何其他色度。在他看来，人类分成正直的人和卑鄙的人，中间的人是没有的。谈及女人和爱情时，他总是充满热情而十分兴奋，可是他却从没有恋爱过一回。

在城里，尽管他的批评意见尖刻和神经质，可是大家都喜欢他，背地里都亲切地称他为万尼亚[①]。他那天生的客气态度、乐于助人的精神、正派的作风、道德上的纯洁，他那穿旧了的常礼服、病态的外貌和家庭的不幸，都使人产生出一种美好的、温暖的和忧郁的感情。况且，他受过很好的教育，博学多才，按照城里人的说法，他通晓一切。在城里，他就像是一部备人查考的活字典。

他读过很多书。他老待在俱乐部里，神经质地捋着自己的胡子，翻阅各种杂志和书籍。从他的脸上可以看出，他不是在看书，而是在吞吃书籍，几乎来不及咀嚼就吞下去了。应该认为，读书是他的一种病态的习惯，因为他不管碰到什么东西，哪怕是去年的报纸和日历，都同样贪婪地吞下去。在家里，他总是躺着看书。

① 伊万的爱称。

三

有一次，一个秋天的早晨，伊万·德米特里奇竖起大衣领子，走在泥泞路上，穿过胡同和后院，到一个小市民家去兑取执行票。像平常早晨一样，他心情不好。在一条胡同里，他碰见两个戴镣铐的犯人，他们被四个带枪的护送兵押着。过去伊万·德米特里奇也常遇见犯人，每次他们都引起他怜悯和难堪的感情。可是今天，这种相遇却给他留下一种特殊的、奇怪的印象。不知为什么，他忽然觉得他也可能被戴上镣铐，同样地走过泥泞，被送进监狱。他到那个小市民家去过以后，出来在回家的路上，在邮局附近，遇见了一个他认识的警官。警官跟他打招呼，并跟着他走了几步。不知为什么，他觉得很可疑。在家里，他一整天都无法把那两个犯人和持枪押送兵从脑子里赶走。一种莫名其妙的精神恐慌使他不能看书和集中精神。晚上他在屋里没有点灯，整夜睡不着觉，老是想到他可能被捕，戴上镣铐，关进监狱。他知道他从来没有犯过什么法，而且可以担保将来也永远不会杀人，不会放火，不会做贼；不过，偶然地、无意中地犯罪，不也是很容易的吗？难道不可能受诬陷吗？最后，审判方面犯错误难道不可能吗？无怪乎自古以来的民间经验教导我们，谁也不能保证不讨饭和不坐牢。在当今的诉讼程序下，审判方面的错误是可能有的，这没有什么可大惊小怪的。那些跟别人的忧患有职务上和事务上联系的人，例如法官、警察、医生等，久而久之，由于习惯的势力，往往会使他们僵化得即使想做好，也不能不对他们的当事人采取形式主义的态度。这方面，他们同后院屠宰牛羊不见血的农夫没有任何区别。在用形式主义和冷酷无情的态度对待人的情况下，要剥夺一个无辜的人的一切权利，判他服苦役，只需要一件东西：时间。只要有时间来完成一些法官们因此可以拿到薪水的手续就行了。事后，你休想在这个离铁路二百俄里远的、肮脏的小城里找到什么正义和保障！再者，既然社会把一切暴力都当作合理的、适当的必要手段来对待，既然认为一切仁慈行为，例如宣告无罪判决，会引起一系列不满和报复情绪的迸发，那么，还去想什么公正性呢，岂不是很可笑吗？

早晨，伊万·德米特里奇从床上起来，非常害怕，额上冒着冷汗，已经完全相信自己随时都会被捕了。他想，既然昨天的沉重的思想那么久都没有离开他，那就是说，其中自有一分道理。那些思想实在不会无缘无故地钻到他脑子里来的。

有个警察不慌不忙地从他窗前走过去，这是不无原因的。瞧，有两个人在房子附近停下了，并且默不作声。他们为什么沉默呢？

从此，伊万·德米特里奇白天黑夜都提心吊胆，凡是经过窗口或进院子里来的人，他都觉着是间谍和密探。中午，县警察局长通常都坐着双马马车在大街上经过，他是从自己近郊的庄园回警察局去。可是伊万·德米特里奇每次都觉得他的车子走得太快，脸上有一种特殊的表情：显而易见，局长急着要去宣布，城里出现了一个很重要的犯人。只要门铃一响，或者有人敲门，伊万·德米特里奇就打哆嗦。每逢女房东家里来了新人，他就焦急不安。他碰见警察和宪兵就微笑，吹口哨，为的是要显出满不在乎的样子。他一连几夜都没有睡觉，等着被捕，可又装着像熟睡的人那样，大声打鼾和吁气，为的是让女房东觉得他睡着了。因为，要是他睡不着，就说明他一定由于良心责备而不安，而这就是最好的罪证。事实和健康的逻辑都使他相信，所有这些恐惧都是荒诞无稽的，都是心理作用。如果把事情看得宽一些，不管是被捕还是坐牢，其实都没有什么可怕的，只要良心上坦然就行。可是，他越是有理智有逻辑地推论，内心的不安就变得越厉害、越痛苦。这倒和一个隐士的故事很相像：那隐士想在处女林里开辟一小块空地，可是他越是努力地用斧子砍，树林就长得越稠密、越茂盛。伊万·德米特里奇终于认识到这样做的徒劳无益，就索性不再去考虑了，完全陷入了绝望和恐惧之中。

他开始不与人来往，躲避人们。他对他的职务早先就厌恶，如今则简直无法忍受了。他很怕他什么时候会上当受骗，怕有人趁他不注意时往他的口袋里塞点贿赂，然后揭发他；或者是他自己无意中在公文上出点差错，类似伪造行为，或者丢了别人的钱等。奇怪的是，他的思想过去从来没有像现在这么灵活和机敏，他每天都想出成千种不同的理由认真地为自己的自由和名誉担忧。可是，这样一来，他对外界的兴趣，特别是对书的兴趣却大大减弱了，他的记忆力也大不如前了。

春天，雪融化了。在墓地附近的一条山谷里发现了两具部分腐烂的尸体——一个老太太和一个小男孩，带有因暴力致死的痕迹。城里人一直在谈论着这两具尸体和尚未查明的凶手。伊万·德米特里奇为了不让人家想到他杀了人，就在街上来回走动，脸带笑容。见到熟人的时候，则脸色一阵白、一阵红，并开始表白说，再没有比杀害弱者和没有自卫能力的人更卑劣的罪行了。但是这种虚伪的做法很快就使他厌倦了，他略加思考后便决定，就他现在的处境，最好还是躲到女房东的地窖里去。他在地窖里待了一天，然后又是一夜和第二个白天。可是冷得很，待到天黑，他就悄悄地像小偷一样溜回自己房里去了。他在房间中央站着，一动不动地留心听着，直到天亮。清早，太阳还没有出来，有几个砌炉匠来找女房东。伊万·德米特里奇明明知道他们是来翻修厨房里的炉灶的，可是恐惧却提醒他：这是警察装扮成了砌炉匠。他悄悄地离开了住所，充满恐惧，没戴帽子，也没穿外衣，就在大街上跑起来，狗汪汪叫着在后面追赶他。后面的什么地方有个农夫在叫唤，风在耳朵里呼啸，伊万·德米特里奇觉得，全世界的暴力都集合在一起了，正在后面追赶着他。

人们把他拦住，将他送回家，并打发女房东去请医生。医生安德烈·叶菲梅奇（下文还会提到他）吩咐在他的头上放置冰袋，给他服点桂樱水，忧郁地摇摇头就走了。临走时对女房东说，他不再来了，因为他不该妨碍人发疯。由于伊万·德米特里奇在家里无法生活和治疗，不久就被送到医院去，被安置在花柳病人的病房里。晚上他睡不着觉，任性胡闹，打搅别人，不久又由安德烈·叶菲梅奇决定，转到六号病房去了。

过了一年，城里已经把伊万·德米特里奇完全忘记了。他的书被女房东随便堆在敞棚下面的一辆雪橇上，被顽童们陆续地偷光了。

四

在伊万·德米特里奇的左边，我已经说过了，住着犹太人莫依谢依卡；右边住着一个农夫，全身脂肪，身体差不多滚圆，有一张呆板的完全没有思想的脸。这是一个不会活动的、贪吃的、肮脏的动物，早已失去了思想和感觉的能力。从他身上不断散发出一股强烈的、令人窒息的臭味。

尼基塔在为他打扫时，拳脚相加，用尽全力地揍他。在这里，可怕的并不是他挨揍，这是可以习惯的。可怕的是这个愚钝的动物挨了毒打却没有反应，一声不吭，一动不动，眼睛里没有丝毫表情，只是轻轻地摇晃几下身子，就像是一只沉重的大桶。

六号病房里的第五个，也就是最后一个病号，是一个小市民，以前他做过邮政局的拣信员，是一个又矮又瘦的金发男子，生了一张善良的但又带点滑头的脸。根据他那双闪现着明亮快活的光芒、聪明而又安详的眼睛来判断，他是一个有心眼的人，他心里有一个很重要的、愉快的秘密：他的枕头和褥子下面藏着什么东西，他不给任何人看。这倒不是怕被人抢去或偷走，而是不好意思拿出来。有时候，他走到窗口，背着同伴，低下头把什么东西戴在自己的胸口。谁要是在这个时候走到他跟前去，他就会感到很难为情，把东西又从胸口扯下来。不过要猜出他的秘密并不困难。

“您祝贺我吧，”他常常对伊万·德米特里奇说，“我已经被授予带星星的斯坦尼斯拉夫二级勋章了。带星星的二级勋章是只授给外国人的。可是不知为什么，他们却愿意破例地给了我。”他微笑着说，莫名其妙地耸耸肩膀，“这，老实说，我可真没料到。”

“这些事我一点也不懂。”伊万·德米特里奇忧郁地说。

“可是您知道我迟早会得到什么吗？”这位过去的拣信员接着说，狡猾地眯着眼睛，“我一定能得到一枚瑞典的‘北极星’。这是值得去奔忙的勋章，一个白十字，加一条黑丝带。那是非常漂亮的。”

大概住在任何地方都没有像在厢房里那么单调了。早晨，除了瘫子和胖农夫之外，病人都到前堂的一个很大的双耳木桶里洗脸，再用病号服的衣襟擦脸，然后他们就用锡制的茶杯喝茶。茶是尼基塔从医院的主楼里提过来的，每个人发一杯。中午他们喝酸菜汤和稀粥，晚上吃中午剩下的稀粥。其他时间都躺着睡觉，望着窗外，从这个角落走到那个角落，每天都是这样。就连过去的拣信员也老是谈他的那些勋章。

在六号病房里很少见到新人，医生早就不收新的疯人了。这个世界上，喜欢访问疯人院的人也不多。每隔两个月，理发师谢苗·拉扎里奇到这个厢房来一趟。至于他怎样给那些疯人理发，尼基塔怎样帮助他干这件事，以及这个笑嘻嘻的酒鬼理发师每次出现时病人们又是怎样的慌乱，我就不去描述了。

除了理发师，谁也没有来看过这个病房。病人们注定白天黑夜只能见到尼基塔一个人。

不过，不久前，在医院的主楼里传播着一种相当奇怪的风闻。

风传医生开始常到六号病房去。

五

奇怪的传闻！

安德烈·叶菲梅奇·拉京医生从某一点上说，是与众不同的人。据说他还很年轻的时候非常信神，曾准备献身宗教事业。一八六三年中学毕业以后，打算进一所神学院。可是他的父亲，一位医学博士兼外科医生，刻薄地嘲笑他，并断然宣布：若是他去当教士，他就不承认他是自己的儿子。是否真有其事，我不知道。不过，安德烈·叶菲梅奇不止一次地承认过，他从来就不觉得自己适合于研究医学或一般的专门科学。

不管怎样，他在医科毕业后，并没有出家去当教士，他也没有信教的表现，他过去和现在都在从医，不大像宗教界的人士。

他外表笨重、粗野，像个农夫。他的脸、胡子、平直的头发和结实粗笨的体格，很像大路边的小饭铺里那些吃肥了的、饮食无度、性情暴躁的店老板。他脸相严肃，布满青筋，眼睛很小，鼻子通红，身材很高，肩膀宽阔，手脚也很大，似乎一拳就能把人打死。可是他步态轻盈，走路小心，温文尔雅。若是在狭窄的过道里碰见人，他总是首先站住让路，说一声“对不起”。而且他说话的声音也有点出人意料，不是男低音，而是尖细柔和的男高音。他脖子上长了一个不大的瘤子，使得他不能穿硬领子衣服，所以他总是穿着软麻布的或棉布的衬衣。总之，他的穿戴不像是医生，他一件衣服可以穿上十年。新的衣服，他通常都到犹太人的铺子里去买，穿上去就像是旧衣服一样，又皱又旧。看病、吃饭、做客时，他总是穿着那套衣服。不过，他这样做并不是由于吝啬，而是他对自己的外表完全不在乎。

安德烈·叶菲梅奇来本城任职时，这个“慈善机构”的情况糟透了：病房里、过道里、医院的院子里，臭得叫人难以喘气。医院里的杂役、助理护士及他们的孩子们跟病人一块儿住在病房里。他们抱怨这里没法生活，因为蟑螂、臭虫和老鼠太多。外科病房里，丹毒从没绝迹。整个医院只有两把手术刀，一个温度计也没有，浴室里堆放着土豆。总管、女管理员、医生都向病人勒索。安德烈·叶菲梅奇的前任是一个老医生。据说他似乎私下里卖过酒精，还与助理护士和女病人有私通，情妇成群。城里人都非常清楚这些乌七八糟的事，甚至还添油加醋，但是大家对这种情况却满不在乎。有些人为其辩解说，躺在医院里的都是些小市民和农夫，他们不可能不满意，因为他们在家里住比医院里还要糟糕得多。总不能拿松鸡去喂他们吧！另一些人则辩白说：地方自治局不给资助，单靠城市本身，没有力量维持一个医院，谢天谢地，医院虽然不好，也总还算有一个。而新成立的地方自治局不论在城里还是郊区都没有开办诊所，理由是，城里已经有一个医院了。

巡视完医院后，安德烈·叶菲梅奇得出的结论是：这是一个道德败坏的机构，对病人的健康极其有害。按他的看法，最聪明的办法就是把病人放走，医院关门。但是他考虑到，只他一个人的意愿是办不成这件事的，而且这样办了也没有用。就算把肉体和精神上都不干净的人赶出一个地方，他们还是会搬到另一个地方去。应该等他们自我消失。况且，既然人们开了这个医院，允许它在这里存在，那就是说，它是被需要的，各种偏见和生活中的种种坏事和丑事也是需要的。因为慢慢地，它们也会转化成某种有用的东西，就像肥料变成黑土一样。世界上没有一件美好的东西在其刚开始的时候不带一点污秽物的。

安德烈·叶菲梅奇任职后，对这些乌七八糟的现象显然相当冷漠。他只要求医院里的杂役和助理护士不要去病房里过夜，添置了两个柜子的医疗器械。至于总管、女管理员、医士和外科的丹毒等，都没有变动。

安德烈·叶菲梅奇非常喜爱理性和正直，可是要他在自己身边建立有理性的和正直的生活，却缺乏坚强的意志力，也不大相信自己有这种权力。下命令、禁止、坚持，他实在不会，就好像他起过誓，永远不提高嗓门说话，永远不用命令的口气似的。要他说“给我！”或“拿来！”是很困难的。他想吃东西的时候，总是犹豫地咳嗽一声，然后对厨娘说：“给我喝点茶才好……”或者“给我开饭才好”。要他对总管说不要再偷东西，或者把他赶走，或者干脆把这个不必要的、寄生的职位撤销了——那是根本办不到的。当安德烈·叶菲梅奇受到欺骗或受到奉承，或者人家送来假单据让他签字时，他的脸会涨得像龙虾一样红，感到于心有愧，但他还是签了字。每当病人抱怨他们吃不饱，或者助理护士态度粗暴时，他都会很尴尬，抱歉地说：

"好，好，我以后调查一下……大概这里有误会……"

开始时安德烈·叶菲梅奇工作很努力，他每天从早晨到午饭时都给病人看病、动手术，甚至还接生。妇女们都说他工作认真，诊断很准确，特别是妇科和小儿科的病。但是，渐渐地由于工作单调乏味并且显然徒劳无益，他显然厌倦了。你今天接待三十个病人，明天你瞧，增加到了三十五个，后天则是四十个了。照这样，一天又一天，一年又一年过去了，但是城里的死亡率却并没有减少，病人还是不断地来。从早晨到午饭时要给四十个门诊病人认真看病，体力上是不可能办到的。因此这不能不是欺骗。简单地推算一下，一年接待一万二千个门诊病人，就等于欺骗了一万二千人。至于把重病号送进病房，按科学规则给他们治病，那也是办不到的，因为规则虽有，科学却无。如果丢开哲学议论，像其他医生一样，学究式地依据规则办事，那么，首先就需要清洁和通风，而不是到处肮脏；要健康的饮食，而不是臭酸菜汤；需要好的医务助理，而不是小偷。

是啊，既然死亡是每个人正常的合理的结局，又何必去阻拦人们死呢？即使某个商人或文官多活五年十年，那又有什么好处呢？如果认为医学的目的在于药物能减轻痛苦，那就不能不问一句：为什么要减轻痛苦呢？首先，据说，痛苦可以使人达到理想的境界；其次，人类要是真的学会了用药丸和药水减轻自己的痛苦，那就会把宗教和哲学完全抛掉。可是直到现在为止，人类不仅在其中找到了避免各种倒霉事的保障，甚至找到了幸福。普希金在临死前经受了可怕的痛苦，可怜的海涅在床上瘫了好几年。为什么安德烈·叶菲梅奇或者玛特辽娜·萨维什娜就不能生病呢？他们的生活本来就毫无内容，如果再没有痛苦的话，就是完全空虚，跟变形虫的生活一样了。

安德烈·叶菲梅奇被这些推论压倒了，十分沮丧，已不再天天都到医院里去了。

六

他的生活就是这样过的。通常是早晨八点钟起床，穿衣服和喝茶，然后在自己的书房里坐下来看书或者到医院去。在这里，在医院里，门诊的病人坐在又窄又黑的过道里，等着看病。医院里的杂役和助理护士就在他们身边跑来跑去，皮鞋在砖砌的地板上踩得咯咯响。一些瘦弱的穿着病服的病人也从这里通过，死尸和盛着脏东西的器皿也从这里抬过去。孩子们在哭，吹来一阵阵过堂风。安德烈·叶菲梅奇知道，这样的环境对于发烧的、害肺病的和一般敏感的病人来说，是很难受的。但又有什么办法呢？在候诊室，他遇见了医士谢尔盖·谢尔盖伊奇。他是一个矮胖子，胖胖的脸刮得很亮，洗得干干净净，举止温和、平稳，穿一件新的宽大的衣服。他与其说像医士，不如说像一名枢密官。在城里他有很大的私人业务。他打着一个白领结，自认比那些没有私人行医业务的医生更内行。在候诊室一个角落的神龛里放着一个大圣像，还有一盏笨重的神灯，旁边有一个读经台，罩着白布套，墙上挂着大主教的像，斯维亚托戈尔修道院的风景画和干矢车菊花圈。谢尔盖·谢尔盖伊奇信教，也喜欢华丽场面，圣像是他出资安置的。每逢星期日，他都指定一个病人去候诊室里朗诵赞美歌。朗诵完了之后，谢尔盖·谢尔盖伊奇便提着手提香炉，摇动它，使神香散出来，走遍所有病房。

病人很多，时间却很少。因此，医疗工作也就局限于问几句病情，发一点类似清凉油、蓖麻油之类的药品。安德烈·叶菲梅奇坐着，用拳头支着脸颊，沉思着，机械地提几个问题。谢尔盖·谢尔盖伊奇也坐着，搓着自己的小手，偶尔也插上一句话。

“我们之所以贫病交加，”他说，“是因为我们没有很好地向仁慈的上帝祈祷。对了！”

安德烈·叶菲梅奇诊病的时候，从不动手术，他早已不干这一行了，一见血他就不愉快地激动起来。当他必须让小孩张开嘴，看一下喉咙，而小孩却大哭大闹，用小手挡住时，耳朵里的闹声就会使他头晕，眼睛里涌出泪水来。这时他就急忙地给开个药方，摆摆手，叫女人赶快把孩子带走。

在门诊时，病人的胆怯和头脑不清，身边打扮华丽的谢尔盖·谢尔盖伊奇，还有墙上的照片，以及二十多年来对病人不断地问过多少次的那些问题，这一切不久就弄得他厌烦了。他看完五六个病人后就走了，剩下的病人就由医士去接待。

安德烈·叶菲梅奇愉快地想道：谢天谢地，自己很久都没有私人行医了，现在谁也不会来打搅他了。因此，他一回到家，马上就在书房的桌子旁边坐下来，开始看书。他读很多的书，而且总是很高兴，他的薪金有一半用在购书上。他的住所有六个房间，其中三个房间堆满了各种书籍和旧杂志，他最喜欢看的是历史和哲学方面的著作。医学方面，他只订了一份《医生》。读这本书时，他总是从后面读起。他看书，总是一看就是几个小时，中间不休息，也不感到累。他不像伊万·德米特里奇那样看得又快又急，而是慢慢地看，深入地领会，遇到他喜欢的或者不理解的地方常常就停一停。书的旁边总是放着一小杯酒，同时放一块腌黄瓜或渍苹果，不用碟子，就直接放在粗呢桌布上。每半个小时，他就眼睛不离书，倒上一小杯白酒喝下去，然后也不看，只是用手摸到黄瓜并咬下一小块。

到下午三点钟，他才小心地走到厨房门口，咳嗽一声，说道：

“达留什卡，给我开饭怎么样……”

安德烈·叶菲梅奇吃完一顿相当差的、不干不净的饭以后，就在书房里来回踱步，双手交叉放在胸口上，思索着。钟敲响了四点钟，然后是五点钟，可是他还在踱步，还在想事。偶尔厨房门嘎吱一声，达留什卡那张睡眼惺忪的红脸从门缝里探出来。

“安德烈·叶菲梅奇，您到喝啤酒的时候了吧？”她关心地问。

“不，还没到点……”他回答道，“我要再等一会儿……我要再等一会儿……”

到了傍晚，邮政局长米哈依尔·阿维良内奇照例就来了。他是全城中安德烈·叶菲梅奇唯一不讨厌的人。米哈依尔·阿维良内奇以前是一个很富有的地主，曾在骑兵军里服役，后来破产了，为贫穷所迫，晚年就到邮政部门工作了。他精力充沛，很健康，留着白色漂亮的连鬓胡子，彬彬有礼，嗓门洪亮而又好听。他心地善良，多情善感，但脾气暴躁。每当邮政局里有顾客提出异议，不同意他的意见，或者要进行说理的时候，米哈依尔·阿维良内奇就脸红脖子粗，全身发颤，大声喊道：“闭嘴！”因此，邮政局早就成了一个有名的单位，人们到这里来都心惊胆战。米哈依尔·阿维良内奇尊敬和喜欢安德烈·叶菲梅奇，是因为他有学问，精神高尚。可是他对小市民的态度则很高傲，就像对自己的部下一样。

“我来了！”他走进安德烈·叶菲梅奇的家时说，“您好，我亲爱的！您恐怕讨厌我了吧，对吗？”

“相反，我很高兴，”医生回答说，“我什么时候见到您都很高兴。”

两个朋友就在书房的长沙发上坐下来，默默地抽了一会儿烟。

"达留什卡，给我们拿啤酒来好吗？"安德烈·叶菲梅奇说。

他们喝了第一杯酒，仍然没有说话。医生一副若有所思的样子，米哈依尔·阿维良内奇则显出高兴快活的神情，仿佛有什么非常有趣的事要说似的。谈话总是由医生先开始的。

"真可惜，"他慢吞吞地轻声说，摇摇头，眼睛并没有看着他的朋友（他从来不直视人家），"真是太可惜了，尊敬的米哈依尔·阿维良内奇，我们城里竟没有一个能够而且喜欢聪明而有趣地谈谈话的人。这是我们最大的贫困。甚至知识分子也跳不出庸俗！我向您保证，他们的智力发展水平一点也不比下层人高。"

"完全正确。我同意。"

"您自己也知道，"医生小声地接着说，声音抑扬顿挫，"在这个世界上，除了最崇高的人类智慧的精神表现之外，其他一切都是无足轻重的、没有意义的。智慧在人类和动物之间划出了一条明晰的界线，暗示着人类的神圣性，在某种程度上它甚至代替了实际并不存在的不朽。由此可以得出结论说，智慧乃是快乐的唯一可能的源泉。可是我们在自己的周围却看不见，也听不见智慧。这就是说，我们的快乐被剥夺了。诚然，我们有书籍，但是这跟活生生的谈话和交际是根本不同的。要是您允许我打个不完全恰当的比喻的话，那么我就要说，书是音符，谈话才是歌。"

"完全正确。"

又是沉默。达留什卡从厨房里出来，带着不无哀伤的表情，用一只拳头支着脸，站在门口，想听听他们的谈话。

"唉！"米哈依尔·阿维良内奇叹了一口气，"您要求现在的人有智慧，休想！"

他谈到过去的生活如何健康、快活和有意义。从前俄国的知识分子是多么聪明，他们使人格和友谊具有了崇高的概念——借给别人钱不要借据，对贫困的同伴不肯伸出支援的手则被看作是可耻。而且从前的出征、冒险和作战又是什么样子啊！什么样的伙伴，什么样的女人！而高加索——是多么惊人的地方！有一个营长的妻子，是个怪女人，穿一身军官服装，每天傍晚一个人骑马到山上去，也没有向导。据说她跟山村里的一个小公爵有点风流韵事。

“圣母啊，妈呀……”达留什卡感叹道。

“那时的人又是怎样喝酒，怎样吃饭的啊！那时又有什么样的不可救药的自由主义者啊！”

安德烈·叶菲梅奇听着，但没有听进去，他一边喝啤酒，一边在想什么心事。

“我常常梦见聪明人，并与他们交谈，”他突然打断米哈依尔·阿维良内奇的话说，“我的父亲让我受了很好的教育，可是他在六十年代的思想影响下，强迫我当了医生。我觉得，假如我当时不听从他的话，那么我现在一定处在智力运动的中心了。我大概已经是一个大学的教师了。当然，智慧也不是永久的，而是暂时的，不过，您已经知道，我为什么会对智慧抱有偏爱。生活是令人苦恼的陷阱。一个有思想的人到了成年时期，思想意识成熟了，他就会不由自主地感到自己掉进了没有出路的陷阱里。事实上，他从不存在到有了生命，并不是他自己做主的，而是某种偶然性使然……这是为什么呢？他想弄明白自己生存的意义和目的。人家却不跟他说，或者是说些荒唐话。他去敲人家的门，人家却不给他开门。死神来找他，那也不是他自己愿意的。因此，就像监狱里被共同的不幸联结着的人们，当他们聚集在一起时，会感到轻松一些。在生活中也是一样，喜欢分析和归纳的人凑到一起，交换交换自己骄傲而自由的思想，这样消磨时间，就不觉得自己是在陷阱里了。从这个意义上说，智慧是不可取代的快乐。”

"完全正确。"

安德烈·叶菲梅奇没有正面看着自己的交谈者，继续讲关于聪明人的事，讲他和他们的谈话。他说话很轻，有时也停顿一下。米哈依尔·阿维良内奇则仔细地听着他讲，表示同意地说："完全正确！"

"您不相信灵魂不朽吗？"邮政局长突然问一句。

"不，米哈依尔·阿维良内奇，我不相信，而且也没有理由相信。"

"老实说，我也怀疑。尽管我有一种感觉，似乎我永远不会死。我在想，哎哟，老家伙，也该死了！而我的灵魂里却有一个小小的声音在说：别相信，您不会死！……"

九点钟一过，米哈依尔·阿维良内奇要告辞了。在前堂穿上皮大衣后，他叹口气说：

"可是命运把我们送到什么样的荒凉的地方来了！最恼恨的是，我们将不得不死在这里。唉……"

七

送走朋友之后，安德烈·叶菲梅奇在桌边坐下来，又开始看书。傍晚和后来的夜晚都很安静，没有一点声音干扰。时间仿佛停住了，同看书的医生一起呆然不动，而且除了书和带绿灯罩的灯以外，仿佛什么都不存在了。医生的那张粗糙的、农夫一样的脸表现出一种非常感动的笑容和在人类智慧运动面前的喜悦。"啊，为什么人不能长生不死呢？"他在想，"为什么人要有脑中枢和脑室？为什么人要有视力，会说话，能自我感觉和有天才呢？而这一切岂不都注定要埋进土里，最后与地壳一同冷却，然后又是几百万年，无意义也无目的地随着地球围绕太阳旋转吗？只为了冷却，然后再去旋转，根本不需要把人及其崇高的、近似神的智慧从不存在中引出来，然后又好像开玩笑似的把他变成黏土。”

“新陈代谢！可是用这种不朽的代用品来安慰自己是何等的怯懦啊！自然界这种无意识的变换过程甚至比人类的愚蠢还要低级，因为不管怎么样，愚蠢中还有意识和意志，而在上述那种过程里却什么也没有。只有在死亡面前恐惧多于尊严的懦夫才会安慰自己说：他的身体将会活在青草里、石头里、癞蛤蟆身上……在新陈代谢中看到自己的不朽是奇怪的，就像一把珍贵的提琴砸碎没用后，却预言装提琴的盒子将会有灿烂的前途一样。”

每当时钟敲响，安德烈·叶菲梅奇便把身子向圈椅背上靠一靠，闭上眼睛，思考一会儿，不由得在刚从书上读到的美好思想的影响下，回眸一下自己的过去和现在。过去令他厌恶，还是不去回忆为妙；可是现在也和过去一样。他知道，当他的思想正随着冷却下去的地球围绕太阳旋转的时候，在和医生住宅并排的大房子里，人们却在疾病和肉体方面的不洁中受苦。也许，有的人睡不了觉，正在同蚊虫作战；有的人正在受丹毒的传染，或者由于绷带扎得太紧而在呻吟。也许病人们正在跟助理护士打牌、喝酒。每年总有一万二千人上当受骗。所有医院里的事情都跟二十年前一样，建立在盗窃、争吵、毁谤、徇私舞弊上面，建立在粗野的招摇撞骗上面。医院仍旧是一个不道德的机构，对病人的健康极端有害。他知道尼基塔在六号病房的铁格栅里殴打病人，也知道莫依谢依卡每天到城里去乞讨。

另一方面，他也非常清楚地知道，近二十五年来医学上发生了神话般的变化。在大学念书的时候，他曾以为医学不久就会遭到与炼金术、玄学同样的命运。而现在，每当他晚上看书，医学却使他感动，使他惊奇，甚至兴奋。真的，多么意想不到的辉煌，什么样的革命啊！由于有了防腐方法，伟大的皮罗戈夫[①]认为，就连将来[②]无法做的手术，现在都可以做了。地方自治局的普通医生都能做截除膝关节的手术，一百例剖腹手术中只有一例造成死亡。至于结石病，那已被看作是小事一桩了，甚至已没有人为它写文章了。梅毒已经可以根治了，而遗传学理论、催眠学、巴斯德[③]和科赫[④]的发现，以统计学为基础的卫生学，还有俄国地方自治局的医生的工作，精神病学以及现代精神病分类法、诊断法和医学疗法等与过去相比，简直就是整个的厄尔布鲁士[⑤]。现在不再给疯子头上泼冷水了，也不再给他们穿紧身衣了，人们已用人道的态度对待疯子，甚至像报纸上说的，为他们举办舞会和演出。安德烈·叶菲梅奇知道，从现在的眼光来看，像六号病房这样糟糕的情形也许只有在离铁路二百俄里远的小城中才会出现。这个小城的市长和所有的自治会的议员都是半文盲的小市民，他们把医生看作是术士，即使医生要把烧熔的锡灌进他们的嘴里，他们也会相信医生，不会有半点儿批评。要是在别的地方，社会公众和报纸早就把这个小小的巴士底[⑥]砸得粉碎了。

“那又怎么样呢？”安德烈·叶菲梅奇自问道，睁开了眼睛，“由此又能得出什么结论呢？有了防腐方法，有了科赫，有了巴斯德，也丝毫不能改变事物的实质，患病率和死亡率仍旧一样。他们给疯人开舞会和演出，仍旧没有给他们自由，就是说，

---

① 皮罗戈夫（1810—1881），俄国外科专家和解剖学家。

② 原文为拉丁文。

③ 巴斯德（1822—1895），法国微生物学家。

④ 科赫（1843—1910），德国微生物学家。

⑤ 高加索地区的高山。

⑥ 1789年法国大革命时期，巴黎人民捣毁的黑暗的监狱。

还是胡诌和徒劳无益。在最好的维也纳医院和我们的医院之间，实际上没有任何的区别。”

可是悲哀和一种类似嫉妒的东西却不允许他漠不关心，这大概是因为他疲倦了的缘故。那沉甸甸的脑袋向书本垂了下去，他就用双手托住脸，以便舒服一点。他想道：“我在为有害的事业服务，并从被我欺骗的人那里领取薪水，我不诚实。可是，须知，我本人是无能为力的，我只是必然的社会罪恶的一小部分，所有县城的官员都是有害的人，都白白拿薪水……也就是说，我不诚实并不能怪我，而是要怪时代……如果我晚降生二百年，我就成为另一个人了。”

当时钟敲了三次时，他吹灭了灯，走进卧室，但他不想睡。

八

两年前，地方自治局忽然慷慨起来，决定每年拨款三百卢布作为津贴，为城市医院扩充医务人员使用，直到地方自治局医院开办为止。为了协助安德烈·叶菲梅奇工作，县医生叶夫根尼·费多雷奇·霍博托夫也应邀进城。这是一个还很年轻的人，甚至不到三十岁，高个子，黑头发，高颧骨，小眼睛。大概他的祖先是异族人。他进城来的时候，身无分文，只有一个小手提箱，还带来一个年轻的丑女人，他称她是自己的女厨子。这个女人有一个正在喂奶的孩子。平时，叶夫根尼·费多雷奇穿一双高筒皮鞋，戴一顶硬帽檐的大檐帽，冬天则穿一件短羊皮袄。他同医士谢尔盖·谢尔盖伊奇以及会计成了好朋友，而对其他职员却不知为什么称为贵族，而且躲开他们。他整个住宅只有一本书：《一八八一年维也纳医院的最新处方》。他去出诊的时候，手里总是带着这本书。每到傍晚他都到俱乐部去打台球。他不喜欢玩纸牌。谈话时他最喜欢用的词是：无聊的拖延、废话连篇、故布疑阵等等。

他一星期去医院两次，查病房和在门诊室诊病。医院里根本没有防腐剂，放血用抽血缶。这一切都使他愤懑，但他也不使用新的方法，害怕这样会得罪安德烈·叶菲梅奇。他认为自己的同行安德烈·叶菲梅奇是个老滑头，怀疑他有很多财产，暗地里嫉妒他。他恨不得占据了叶菲梅奇的职位。

九

三月底，一个春天的黄昏，地上已经没有积雪了，椋鸟在医院的花园里歌唱。医生送朋友邮政局长出了大门，正好在院子里碰上了犹太人莫依谢依卡带着别人给他的施舍品回来了。他没有戴帽子，一双赤脚上穿着低腰套鞋，手里拿着一小包施舍物。

“给我一个戈比吧！”他微笑着对医生说，身体冻得发抖。

安德烈·叶菲梅奇从来不会拒绝别人的要求，给了他一个十戈比的银币。

“这真糟啊，”他想，看着犹太人的赤脚和又红又瘦的脚踝，“都湿啦。”

于是他心里有种既像是怜悯又像是厌恶的感情。他跟在犹太人后面走进了厢房，时而看着他的秃顶，时而看着他的脚踝。医生进来时，尼基塔便从破烂堆上跳下来，立正站着。

“您好，尼基塔，”安德烈·叶菲梅奇温和地说，“发给那个犹太人一双靴子才好，难道不是吗？不然他会着凉的。”

“是，老爷，我去报告总管。”

“好吧，您就用我的名义去请求好了。就说是我要求的。”

从前堂到病房的门敞开着。伊万·德米特里奇在床上躺着，他用胳膊肘支起身体，惊恐地倾听着陌生人的声音。他突然认出是医生，气得全身发抖，从床上跳下来，满脸凶狠、通红，眼睛凸出，跳到病房的中央。

“医生来了！”他大声喊叫，并哈哈笑起来，“终于来了！先生们，我祝贺你们。医生赏光，拜访来了！该死的败类！”他尖声叫道，并跺起脚来。病房里还从来没见过他如此怒气若狂，“打死这个败类！不，打死还便宜他了！把他淹死在粪坑里！”

安德烈·叶菲梅奇听见这话后，便从前堂探头向病房里看，温和地问道：

“为什么？”

“为什么？”伊万·德米特里奇大声嚷道，带着威胁的姿态走到他跟前来，又赶忙把衣服裹紧，“为什么？您是贼！”他嫌恶地说，好像要向他啐口痰似的努起嘴来，“骗子，刽子手！”

“请您安静一点，”安德烈·叶菲梅奇说，抱歉地笑了笑，“我向您保证，我从来没有偷过什么东西；至于其他，您大概说得太夸张了。我知道，您在生我的气。我求您，您安静一点，如果可能的话，请您冷静地告诉我，您为什么要生气？”

“那您为什么要把我关在这里？”

“因为您有病。”

“是的，我有病。但是要知道，成十成百的疯人都能自由自在地走来走去，因为您无知，不能辨别疯子和健康的人。为什么我和这些人就应该像替罪羊似的替大家被关在这里呢？您、医士、总管，所有你们这些医院里的坏蛋，在道德方面都要比我们不知低下多少，那为什么关在这里的不是你们而是我们呢？合理吗？”

“这与道德和合理性不相干。一切取决于机遇。谁被关了起来，谁就得待在这里；谁若是没有被关起来，谁就可以走来走去。就是这么一回事。至于我是医生，您是精神病人，这里既没有道德，也没有合理性可言，只不过是毫无缘由的凑巧罢了。”

“这种胡说八道我不懂……”伊万·德米特里奇闷声闷气地说，在自己的床上坐下来。

尼基塔不敢当着医生的面去搜莫依谢依卡的身。莫依谢依卡就把一小块一小块面包、碎纸片、小骨头摊开放在自己的床上。他仍旧冻得打战，说起犹太话来，说得很快，像唱歌似的。他大概在幻想他开铺子吧。

“放我出去吧。”伊万·德米特里奇说，他的嗓音发颤。

“我不能。”

“那是为什么？为什么呢？”

“因为，我没有这种权利。您想想吧，就算我把您放了出去，这对您又有啥好处呢？您走出去，城里人或警察会把您抓住，又送回来的。”

“是的，是的，这倒是实话……”伊万·德米特里奇说，用手擦了擦自己的脑门，“这真可怕！可是我怎么办呢？怎么办呢？”

安德烈·叶菲梅奇喜欢伊万·德米特里奇的声音、他的年轻聪明的面容及其怪相。他想对这个年轻人表示一点亲热，安慰安慰他。他在床边挨着他坐下来，想了想，说道：

“您问我怎么办？就您的处境，最好是从这里逃走。但是，很可惜，这也没用。人家会逮住您。社会要求防范罪人、精神病人和一般使人难堪的人。这是不可阻止的。您现在只能是：安下心来，认定待在这里是不可避免的。”

“这里是任何人都不想待的地方。”

"既然存在监狱和疯人院，那就总该有人关在里面。不是您，就是我，不是我，就是第三个人。您等着吧，到遥远的未来，当监狱和疯人院都不再存在的时候，也就不会再有窗上的铁格栅了，不会再有这种病号服了。当然，这样的时代迟早会到来的。"

伊万·德米特里奇冷笑了一下。

"您是在开玩笑吧，"他说，眯缝着眼睛，"像您和您的助手尼基塔之流的老爷们跟未来是一点关系也没有的。不过您可以放心，阁下，美好的时代是要到来的！让我用粗俗的话来表达一下我的意见，您尽管笑好了，新生活的黎明会放光的，真理会胜利的，到那时候，我们将在街上庆祝节日！我是等不到那一天了，我会死去，不过总有人的子孙会等到的。我将用自己的整个灵魂祝贺他们，我会高兴，为他们高兴！前进吧！让主保佑你们，朋友们！"

伊万·德米特里奇闪着发亮的眼睛站起来，把手伸向窗口，继续激动地说：

"我从这铁格栅的窗户里祝福你们！真理万岁！我真高兴！"

"我不认为有什么特别的理由可以高兴的，"安德烈·叶菲梅奇说，他觉得伊万·德米特里奇的动作像在演戏，不过他也很喜欢，"监狱和疯人院将不再存在，真理也会像您所说的那样胜利，但是要知道，事物的本质不会变，自然界的规律也照样存在，人们还会像现在那样生病、衰老、死亡。不管将来会有多么壮丽的黎明照亮您的生活，到头来您还是要躺进棺材里，钉上钉子，扔进坑里去。"

"那么长生不死呢？"

"唉，别提啦！"

"您不相信，可我相信。不知是在陀思妥耶夫斯基还是在伏尔泰的作品里，有一个人物说：要是没有上帝，人们就会把它想出来。我深深地相信：要是没有长生不死，伟大的人类智慧也迟早会把它发明出来。”

“说得好。”安德烈·叶菲梅奇说，满意地微笑着，“您相信，这很好。有了这样的信心，就是被囚禁在四墙当中，也能生活得很快活。您以前大概在什么地方受过教育吧？”

“是的，我上过大学，但没有毕业。”

“您是一个有思想、爱思考的人。不论在什么环境里，您都能保持内心的平静。极力想弄懂生活的自由而深刻的思索和对世界的无谓纷扰的完全蔑视，这是两种幸福，人类还从来不知道有比这更高的幸福。而您却能享有这样的幸福，尽管您生活在三道铁格栅里。第奥根尼[①]住在一个木桶里，可是他比世界上所有的皇帝都幸福。”

“您的第奥根尼是个糊涂虫。”伊万·德米特里奇阴郁地说，“您干吗给我讲什么第奥根尼呢！讲什么理解生活呢？”他忽然生气了，跳了下来，“我爱生活，强烈地爱！我患了被迫害症，经常有一种痛苦的恐惧。不过有时候我也充满对生活的渴望，这时我就害怕自己会发疯。我非常想生活，想得要命！”

他激动地在病房里走来走去，然后压低声音说：

“每当我幻想的时候，我就会产生一种幻觉：有些人走到我跟前来，我听得见说话声和音乐，就好像在一个树林里散步，在海岸上走，我是那么热切地渴望无谓的奔忙和操心……那么，请告诉我，外面有什么新闻吗？”伊万·德米特里奇问道，“外面怎么样？”

“您是想知道城里的情况，还是一般的情况呢？”

---

① 第奥根尼（约公元前400—前325），古希腊哲学家。

“那您就先给我讲讲城里的情况吧，然后再讲一般的。”

“好吧。城里难受而又无聊……找不到说话的人，也没有人听你说话。没有新人。不过，最近来了一个姓霍博托夫的年轻医生。”

“我还活着，他就来了。他怎么样？粗野吗？”

“是的，他不是个有教养的人。您知道吗，很奇怪……从各方面看，我们的大城市里，并没有智力停滞的情况，那里挺活跃，就是说，应当有真正的人。可是，不知为什么，每次从他们那里派到我们这里来的都是些让人看不上眼的人。真是不幸的城市！”

“是的，是个不幸的城市！”伊万·德米特里奇叹口气，笑了起来，“那么，一般的情况又怎么样？报纸上和杂志上都写些什么呢？”

病房里已经黑了。医生站起来，站着讲国外和俄国报刊上写的东西，现在有些什么思潮。伊万·德米特里奇留心听着，提出一些问题。可是他忽然好像想起了什么可怕的事似的，抱住头，背对着医生，躺在床上。

“您怎么了？”安德烈·叶菲梅奇问。

“您再别想从我这里听到一个字！”伊万·德米特里奇粗暴地说，“您走开吧！”

“这是为啥呢？”

“我跟您说：您走开！干吗还问！”

安德烈·叶菲梅奇耸耸肩膀，叹口气，走了出去。穿过前堂时，他说：

“这里要打扫一下才好，尼基塔……气味难闻极了！”

“是，老爷。”

“一个多么可爱的年轻人！”安德烈·叶菲梅奇想，走回自己的住所，“自从我在这里住下后，好像这是第一个能够谈得来的人。他善于思考，所关心的也正是应当关心的事。”

不论是看书，还是后来躺下睡觉时，他都老是想着伊万·德米特里奇。第二天早晨一醒来，他便回想起昨天他认识了一个聪明而又有趣的人，并决定一有机会便再去看他一次。

十

伊万·德米特里奇还是像昨天一样的姿势躺着，双手抱住脑袋，缩着腿，看不见他的脸。

“您好，我的朋友，”安德烈·叶菲梅奇说，“您没有睡觉吧？”

“第一，我不是您的朋友，”伊万·德米特里奇把头埋在枕头里说，“第二，您枉费心机，您别想从我这里再听到一个字。”

“真奇怪……”安德烈·叶菲梅奇有点难为情地小声说，“昨天我们谈得挺投机的。可是不知为什么，您忽然生气了，立刻就中断了谈话……也许是我说了什么不恰当的话吧？或者是可能说了些不合您的信念的想法……”

“是啊，居然要我相信您的话！”伊万·德米特里奇欠起身来说，并以嘲讽和恐惧的眼光看着医生。他的眼睛发红。“您尽可以到别的地方去当密探、去打听，而在这里您可是无所作为。我从昨天就已经明白您是为什么到这里来的。”

“古怪的幻想！”医生笑一笑，说，“就是说，您把我当成密探了？”

“对，我是这么认为的……不管是密探还是医生，您反正是受命来探听我的——这反正都是一回事。”

“哎哟，请让我说句实话，您可真是一个……怪物！”

医生在床边的一张凳子上坐下来，带着责备意味地摇摇头。

“不过！假定您的话是对的，”他说，“假定我是暗中套您的话，以便把您交给警察局，于是您被捕，然后受审。可是，您在法庭上或监狱里难道会比这里更糟吗？就算您被流放甚至服苦役，难道会比关在这个厢房里更糟吗？我认为，不会更糟……那又还有什么可怕的呢？”

显然，这些话对伊万·德米特里奇起了作用。他安心坐下来了。

下午四点多钟，通常这个时候安德烈·叶菲梅奇都在自己家里的各个书房里走来走去，而达留什卡则会问他到了喝啤酒的时间没有。

外面风和日丽，是晴朗的天气。“我吃过午饭便来溜达溜达，您瞧，就走到您这里来了。”医生说，“现在完全是春天了。”

“现在是什么月份？是三月？”伊万·德米特里奇问道。

“是的，现在是三月末了。”

“外面很脏吧？”

“不！不太脏。花园里已经走出小道了。”

“现在要是能坐上马车到城外什么地方去走一走倒是挺不错的。”伊万·德米特里奇说，揉了揉自己的眼睛，好像半睡不醒似的，“然后回家去，走进温暖舒适的书房……请一个正派的大夫来治一治头痛病……我好久没有像普通人那样生活了。而这里却糟透了，真叫人无法忍受！”

自从昨天受刺激之后，他疲倦了，显得没精打采，也不大想说话了。他的手指在发抖，而且从他的脸色可以看出，他头痛得很厉害。

“温暖舒适的书房跟这个病房也没有什么差别。”安德烈·叶菲梅奇说，“人的宁静和满足不在于外部，而在人的内心。”

“这是什么意思？”

“平常的人从身外之物，即从马车和书房里去寻找好的或坏的东西，而有思想的人则是在自己内心里寻找这些东西。”

“请您到希腊去宣传这种哲学吧，那里挺暖和，而且到处充满酸橙的气味，而这里的气候不适合于这种哲学。我这是在跟谁谈起第奥根尼来着？是跟您吗？”

“是的，您昨天跟我谈过。”

“第奥根尼不需要书房和温暖的住所，那边没有这些东西就已经够热了。躺在木桶里，吃橙子和橄榄就行了。但是，他要是有机会到莫斯科住，那他就别说是十二月份，就是五月份来，也会要求住到房间里去。恐怕他会被冻得卷起来了。”

“不，寒冷也和一般所有疼痛一样，可以不感觉到。马可·奥勒留[①]说过，‘疼痛是一种关于疼痛的活生生的概念：用意志力可以改变这个概念，丢开它，停止诉苦，疼痛就会消失。’这话有道理。圣人，或者只要是有思想、爱思索的人，他们的与众不同之处正在于他们蔑视痛苦，他们永远心满意足，对任何事情都不感到惊奇。”

“就是说，我是个白痴，因为我痛苦，我不满足，我对人的卑鄙感到惊奇。”

“您这就不对了。如果您多想一想，您就会明白，所有那些使我们激动的外在的东西都是微不足道的。应该努力去理解生活，真正的幸福就在其中。”

“理解……”伊万·德米特里奇皱起眉头说，“内在，外

① 马可·奥勒留（121—180），罗马帝国皇帝，是斯多葛派最后一个大哲学家。

在……对不起，这我不懂。我只知道，”他站了起来，生气地看着医生，“我只知道上帝是用热的血和神经创造了我，对了，先生。而人的机体组织若是有生命的话，它对一切刺激就会有所反应。我就有反应！我痛，我就用叫喊和泪水来回答。对卑鄙，我就愤怒；对污浊，我就憎恶。说实在话，我认为，只有这才叫生活。机体越是低级，它的敏感性也就越差，从而对刺激的反应也就越弱；机体越高级，感受就越敏感，对现实生活的反应就越有力。这点道理您怎么会不懂呢？您是医生，却不懂这些小事！为了能蔑视痛苦，永远心满意足，什么都不感到惊奇，那就得落到——瞧，那样的地步才成。”伊万·德米特里奇指了指那个肥胖得满身脂肪的农夫说，“或者是，在苦难中把自己折磨得麻木不仁，对苦难失去一切感觉。换句话说，也就是停止生活才行。对不起，我不是圣人，也不是哲学家，”伊万·德米特里奇愤慨地继续说，“这些道理我一点也不懂。我不会讲道理。”

“相反，您辩论得很出色。”

“您模仿的斯多葛派[①]，曾经是很出色的一些人。不过，他们的学说早在两千年前就已经停滞，不能再向前迈出一步，而且将来也不能前进了。因为这种学说不符合实际，没有生命力。它只能在少数人当中才会得到一些成绩，可是大多数人都不懂。鼓吹对财富冷漠、对舒适的生活冷漠、对痛苦和死亡加以蔑视的学说，对绝大多数人来说是完全不能理解的。因为这大多数人从来没有享有过财富，也没有享受过舒适的生活。而蔑视痛苦，对他们来说，就是蔑视生活本身，因为人的全部实质就是由饥饿、寒冷、委屈、丧失等感觉以及哈姆莱特式的怕死的感觉构成的。这些感觉就是全部生活。人可以感到生活苦恼，憎恨生活，可是不

① 一个古代的伦理方面的哲学流派，宣传清心寡欲，珍惜自己的“命运”。

会蔑视生活。对了，所以我要再说一遍：斯多葛派的学说永远不会有什么前途。从开天辟地到今天，正如您看到的，斗争、对痛苦的敏感、对刺激的反应……是与日俱增的。”

伊万·德米特里奇突然失去了思路，停下来，懊丧地揉搓着额头。

“我本想说些重要的话，可是思路断了。”他说，“我刚才说什么来着？对，我想说的是：有一个斯多葛派的人为了替亲人赎身，就自己卖身做了奴隶。您看，这就是说，斯多葛派人也是有反应的，因为要做出舍己为人的慷慨行为，就需要有愤慨和同情的灵魂。在这个监狱里我已把我以前学到的所有东西都忘掉了，否则我还能想起一些别的事情来。比如，基督又怎么样呢？基督对现实生活的回报是：哭泣、微笑、伤心、发怒，甚至难过。他没有带着微笑去迎接苦难，也没有蔑视死亡，而是在客西马尼花园里祷告，求这辈子离开他[①]。”

伊万·德米特里奇笑起来，坐下。

“即使人的安宁和满足不在外界而在内心，”他说，“即使人需要蔑视痛苦，对任何事都不感到惊奇，可是您又有什么理由来宣传这个呢？您是圣人？哲学家？”

“不，我不是哲学家，不过每个人都应当宣传这个道理，因为这是合理的。”

“不，我想知道，为什么您认为自己有资格谈论什么理解、蔑视、痛苦等等呢？难道您什么时候受过苦吗？您懂得什么叫痛苦吗？请问：孩提时您挨过打吗？”

“没有，我的父母是讨厌体罚的。”

“我父亲却是非常残忍地鞭打过我。他是个严厉的、得了

① 见《马太福音》第26章第36节。

痔疮的文官，他鼻子长，黄脖子。不过我们还是来谈谈您吧。您一生都没有被人用手指头碰过一下，谁也没有吓唬过您，没有打过您。您结实得像头牛。您在您父亲的保护下长大，由他教您读书，后来又一下子谋取到了这个薪水很高而又清闲的职务。您二十多年都住着不花钱的房子，还有暖气，有灯光，有佣人，而且您有权爱怎么干就怎么干，愿意干多少就干多少，甚至可以什么也不干。您秉性是个懒惰、疲沓的人，因此您尽力把您的生活安排得不让任何事情打搅您，可以坐着不动。您把事情都交给医士和其他恶棍去办，您自己则坐在温暖清静的地方攒钱、看书，为了自我消遣而想一些乱七八糟的所谓高尚的琐事。而且（伊万·德米特里奇看着医生的红鼻子），还喝酒。一句话，您并没有见过生活，您完全不知道生活，您只是在理论上认识生活。您蔑视苦难，对任何事情都不感到惊奇，都是根据一种很简单的理由：所谓一切皆空啦，内在外在啦——这一切都是最适合于俄国懒汉的哲学。譬如，您看见一个农夫在打老婆，会说：何必去干预呢？就让他打吧，反正他们迟早都要死的。况且打人的人所凌辱的并不是被打的人，而是打人者自己。酗酒是愚蠢的，而且不成体统，但是喝酒是死，不喝酒也是死。一个女人来找你，说她头痛……嘿，那又有什么呢？疼痛乃是关于疼痛的一个概念而已，何况人生在世是免不了有病痛的，大家都总是要死的。所以，娘儿们，你们走开吧，别妨碍我思考和喝酒。年轻人来请教如何生活，怎么办。换了别人，在回答之前还想一想，而您的回答却早就准备好了：努力去理解吧，或者努力去追求真正的幸福吧。可是这个玄妙的‘真正的幸福’又是什么呢？当然不会有回答的。我们在这里被关在铁格栅里，受长期监禁的痛苦，长期受折磨，可这很好，合情合理，因为这个病房与温暖舒适的书房两者之间没有任何区别。好便当的哲学：不用做事，而良心又清清白白，并且还觉得自己是个圣人……不，先生，这不是哲学，不是思想，也不是眼界开阔，而是懒惰，是江湖杂耍，是浑浑噩噩的痴呆……是的！”伊万·德米特里奇又生气起来，“您蔑视痛苦，可要是您的手指头让门夹一下，您恐怕就会大喊大叫起来了。”

“也许我不叫呢。”安德烈·叶菲梅奇温和地笑笑。

“那当然！不过您瞧着吧，要是您中了风，或者假定有个傻瓜或厚颜无耻的人利用自己的地位和官职当众侮辱您一番，而且您也知道，他这样做了还可以逍遥法外——到那时，您就明白您要别人去理解生活和寻找什么真正的幸福是怎么一回事了。”

“这话很新颖，”安德烈·叶菲梅奇说，高兴地笑笑，搓搓手，“您那种对归纳和总结的爱好我也很喜欢，并且使我惊讶。刚才承蒙您对我的性格所说的一席话，简直是太精彩了。说实在话，跟您谈话使我得到巨大的乐趣。好了，我已经听过了您的话，现在请您费神也听听我说几句吧……”

十一

这次谈话又继续了差不多一个小时。很明显，谈话给安德烈·叶菲梅奇留下了深刻的印象。从此他便每天都到厢房里去，他每天早晨和午饭后到那里去，常常是天黑了还在跟伊万·德米特里奇谈话。开始的时候，伊万·德米特里奇见着他还有些害怕，怀疑他有什么不良居心，公开表示对他的不友好；后来习惯了，对他从不客气的态度转变为宽容的讥诮的态度。很快，医院里便散播出一种流言，说安德烈·叶菲梅奇医生经常去拜访六号病房。不论是医士、尼基塔和助理护士都不明白他为什么要到那里去，为什么在那里一坐就是几个钟头，他们谈了些什么，为什么不开药方。他的行为显得古怪。米哈依尔·阿维良内奇在家里常常见不到他，这在过去是从没有过的。达留什卡也很难办，因为现在医生不按一定的时间喝啤酒，有时甚至连午饭也耽误了。

有一次，是在六月末，霍博托夫医生有点事来找安德烈·叶菲梅奇。在家里没见到他，就到院子里去找，人家告诉他，说老医生到精神病人那里去了。霍博托夫便到厢房里去，站在前堂，听见了下面的谈话：

“我们永远也谈不到一块儿，您要我信您的信仰，那也办不到。”伊万·德米特里奇愤慨地说，“您完全不了解现实生活，您从来没有受过苦，只是像血吸虫那样靠别人的痛苦生活，我却从生下来那天起一直不断地受苦。因此我要坦率地说：我认为我在各方面都比您更高明，更在行。用不着您来教训我。”

“我根本没有要求您信我的信仰，”安德烈·叶菲梅奇小声说，并为对方不愿意理解他而表示遗憾，“问题不在这里，我的朋友，问题不在于您受了苦而我却没有受苦。痛苦和快乐都是暂时的，别去管它们。问题在于，我和您都在思考，我们看出彼此都是能够思考和推断的人。因此，尽管我们的观点各不相同，但这一点就足够让我们一致起来了。我的朋友，如果您知道我是多么讨厌那种普遍的狂热、平庸和迟钝，而我每次跟您谈话又是感到多么高兴就好了！您是个聪明人，我很欣赏您。”

霍博托夫把门推开一点缝，朝病室里看了一眼：戴着睡帽的伊万·德米特里奇和安德烈·叶菲梅奇医生并排坐在床上。疯子歪扭着脸，全身发颤，抽搐地裹紧身上的衣服。医生坐在那里，垂着头，一动不动，满脸通红，一副忧伤的束手无策的样子。霍博托夫耸耸肩膀，冷笑了一下，与尼基塔相互看了一眼。尼基塔也耸了耸肩膀。

第二天，霍博托夫和医士一起到厢房里来了，他们俩站在前堂偷听。

“我们的老大爷好像完全不正常了！”霍博托夫说，离开了厢房。

“主啊，饶恕我们这些有罪的人吧！”穿着华丽衣服的谢尔盖·谢尔盖伊奇感叹道，小心地绕过水洼，免得弄脏了自己擦得锃亮的皮鞋，“说实在话，敬爱的叶夫根尼·费多雷奇，我早就料到会出这种事的！”

十二

这之后，安德烈·叶菲梅奇开始发现周围有一种神秘的气氛。那些杂役、助理护士和病人碰见他的时候，都用一种疑惑的目光看着他，然后交头接耳地说话。过去他常常在医院花园里高兴地碰见总管的女儿小姑娘玛莎，而现在当他微笑着走到她跟前想抚摸一下她的小脑袋时，她不知为什么却躲开他。邮政局长米哈依尔·阿维良内奇听他说话后，也不再说“完全正确”了，而是莫名其妙地腼腆起来，含糊地说：“是啊，是啊……”并且若有所思地、悲伤地看着他。不知为什么，他开始劝说自己的朋友戒掉白酒和啤酒。不过他是很客气的人，他并没有直截了当地说，而是用种种暗示，时而对他讲起一个营长，说这是个很好的人，时而又谈到他团里的一个神甫，也说是一个很好的人，这两个人都由于喝酒，生病了，可是戒酒以后就完全好了。安德烈·叶菲梅奇的同事霍博托夫也来看他三四回，也是劝他戒酒，并且显然是无缘无故地建议他服用溴化钾[1]。

八月，安德烈·叶菲梅奇收到一封市长的信，说是有很重要的事请他去一趟。安德烈·叶菲梅奇按照约定的时间来到市政厅，在那里他看见在座的有军事长官、政府委派的县立学校的校长、市参议员、霍博托夫。还有一位很胖的、淡黄色头发的先生，据介绍，他也是一位医生，有一个很难发音的波兰姓，住在离城三十俄里远的一个养马场里。他是顺路经过此城的。

“这里有一份关系到您的工作部门的申请书。”待大家都打过招呼在桌子边坐下来时，市参议员对安德烈·叶菲梅奇说，“叶夫根尼·费多雷奇刚才说，我们主楼里的药房太窄了，应把它搬到一个厢房里去。这当然没有什么问题，可以搬去，但主要问题是厢房也要修理了。”

“是的，不修理不行了。”安德烈·叶菲梅奇想了想后说，“不过，如果要把拐角上那个厢房改做药房用的话，我想至少得花五百卢布。这是非生产性开支。”

大家沉默了一会儿。

“我在十年前就已呈报过了，”安德烈·叶菲梅奇用平静的声调继续说，“照目前这个样子，这所医院对这个城市来说，是一个超过了它的负担能力的奢侈品。它是在四十年代建立的，不过那时候的经费与现在不同。城市在不必要的建筑和多余职位方面开支太多了。我想，用另一种办法，这些钱可以维持两个标准的医院。”

“好，那您就提出另一种办法来吧！”市参议员兴致勃勃地说。

“我已经向您呈请过把医疗部门移交给地方自治局办理。”

---

① 溴化钾，无色结晶或白色粉末，有强烈咸味，见光色变黄。医药上用作神经镇静剂。

“好嘛，您把钱交给地方自治局，他们会贪污的。”浅黄色头发的医生笑着说。

“照例是如此的。”市参议员同意说，也笑了笑。

安德烈·叶菲梅奇用无精打采的无神的目光看了一眼浅黄色头发的医生，说道：

“应当做到公正才对。”

又是沉默。茶送上来了。不知为什么，军事长官感到很窘，隔着桌子碰了一下安德烈·叶菲梅奇的手说：

“大夫，您把我们全忘了。不过，您是修道士，不打牌，也不喜欢女人，您跟我们这些人来往，一定觉得挺没意思吧。”

大家都谈到，一个正派人在这个城市里生活多么枯燥乏味，没有剧院，没有音乐。在最近俱乐部的一次舞会上，来了将近二十位女士，而男舞伴却只有两个。青年人不跳舞，都聚集在小卖部旁边，或者就是玩牌。安德烈·叶菲梅奇任何人也不看，小声地、慢慢地说道，很可惜，城里人都把自己的生命精力，把自己的心灵和智慧浪费在玩牌和搬弄是非上面，而不愿把时间用在有趣的谈话和读书上，不愿享受智慧提供的快乐。可惜极了。只有智慧才是有意义的、了不起的，其他的一切都微不足道，低级。霍博托夫认真地听着自己同事的讲话，忽然问道：

“安德烈·叶菲梅奇，今天是几号？”

得到回答以后，他和淡黄色头发的医生就以一种连自己也觉得不合适的主考人的口气开始问安德烈·叶菲梅奇今天是星期几，一年共有多少天，六号病房里是否住着一个了不起的先知。

在回答最后一个问题时，安德烈·叶菲梅奇脸红了，说：

“是的，这是一个病人，不过他是一个有趣的年轻人。”

他们再也没有问他任何问题。

当他在前堂穿大衣的时候，军事长官伸出一只手放在他肩膀上，叹口气说：

“我们这些老头子该退休了！”

安德烈·叶菲梅奇走出市政厅时才明白，原来这是一个奉命考他的智力委员会。他回想起了他们对他提出的种种问题，脸红了，而且不知为什么，一生中第一次痛苦地为医学感到惋惜。

“我的天啊，”他想起了那些医生刚才怎样考他的情形，“要知道，他们不久前刚听完精神病学的课，参加过考试，怎么还会如此愚昧无知呢？他们连精神病学的概念都没有。”

他一生中第一次感到受了侮辱，很生气。

当天晚上，米哈依尔·阿维良内奇来到他的家。这个邮政局长没有向他问候，直接走到他的跟前，捉住他的两只手，激动地说：

“我亲爱的朋友，请您向我表明您相信我真诚的好意，承认我是您的朋友……我的朋友啊！”他不让安德烈·叶菲梅奇开口说话，继续激动地说，“我喜欢您是因为您有教养，您的心灵高尚。您听我说，我亲爱的，那些医生受科学规则的限制，有责任向您隐瞒真情，但是我却要像军人那样对您说真话。您有病！请原谅我，亲爱的，但这是真的。周围的人早已发现了。如今叶夫根尼·费多雷奇医生对我说了，为了您的健康，您必须休息一下，散散心去。完全正确！很好！过几天我就要去度假，出去换换空气。请您表明您是我的朋友，我们一块儿去，照往常那样，我们一块儿去。”

“我觉得我完全健康，”安德烈·叶菲梅奇想了想说，“我不能去。请您允许我用别的办法来向您表明我的友情。”

丢下书本，丢下达留什卡，丢下啤酒，断然破坏已经建立了二十年的生活秩序，到一个他自己也不知道的地方去，而且也不知道为什么要去，这种想法一开始就使他觉得既古怪又荒唐。但是他想起了市政厅的那次谈话和从市政厅出来回家时的那种沉重的心情，于是又觉得暂时离开这个城市，离开那些把自己看作疯子的蠢人，也是一件好事。

“那么您到底想到哪儿去呢？”他问道。

“到莫斯科去，到彼得堡去，到华沙去……在华沙我曾度过了我生活中最幸福的五年。那是一个多么令人惊叹的城市啊！我们去吧，亲爱的！”

十三

一星期之后，人们便建议安德烈·叶菲梅奇去休养一下，也就是叫他提出辞呈。对这一切他都漠然处之。再过了一星期，他与米哈依尔·阿维良内奇已经坐在邮车上，到最近的一个火车站去了。天气凉爽明朗，蔚蓝色的天空让远处一览无余。离火车站有二百俄里远，他们坐马车走了两天，路上歇了两夜。每当驿站上给他们送茶时用不干不净的杯子，或者是套马车的时间久了一点，米哈依尔·阿维良内奇就脸红脖子粗地抖动着全身，喊道：“住嘴，不许狡辩！”而坐在马车上时，则片刻不停地说话，讲他当时在高加索和波兰王国旅行的故事，有过多少奇遇啊！他说话声音很响，同时还瞪着奇怪的眼睛，令人觉得，也许他是在说谎？另外，他讲话时，直对着安德烈·叶菲梅奇的脸吐气，对着他的耳朵哈哈大笑，弄得医生很尴尬，妨碍他思考，使他无法集中精神。

在火车上，他们为了节省，乘的是三等车，坐在一个不许吸烟的车厢里。乘客有一半是上等人。米哈依尔·阿维良内奇很快就跟所有的人都认识了。他从一个座位到另一个座位，大声地说，大家不该在这种糟糕透顶的铁道上旅行，这完全是骗人的勾当！要是骑马旅行，那就完全不同了：一天走上一百俄里，然后您还会感到全身有劲，精力充沛。至于我们的收成不好，那完全是因为宾斯克沼泽地的水被排干了。总之，一切都非常混乱。他的劲头来了，说话很大声，不让别人开口。这种混杂着大喊大笑和手舞足蹈的没完没了的扯淡，让安德烈·叶菲梅奇感到很腻烦。

“我们两人中谁是疯子呢？”他懊丧地想，“是我这个竭力不让旅客不安的人呢，还是这个自以为比这里的所有人都聪明和有趣，从而不让人有片刻安宁的利己主义者呢？”

在莫斯科，米哈依尔·阿维良内奇穿上不佩肩章的军服和镶有红丝绦的裤子。他戴着军帽，穿上军大衣在街上走时，士兵们都向他立正行礼。安德烈·叶菲梅奇现在觉得，这个人在原来从贵族阶级承继下来的所有东西中，把一切好的都丢掉，只留下坏的了。他喜欢别人伺候，甚至在完全没有必要的时候也一样。火柴就放在他面前的桌子上，而且他也看见了，可是他还是要对人叫嚷着把火柴给他拿来。有清洁女工在，他也不难为情地穿着一条内裤衩走来走去。他对一切仆人，哪怕是老人，都一律称呼“你”。他生气的时候，就骂他们是蠢货和傻瓜。安德烈·叶菲梅奇觉得这是在摆贵族派头，可是很恶劣。

米哈依尔·阿维良内奇首先是领朋友到伊文斯卡娅教堂去。他热心祈祷、磕头、流泪，完了后，深深地吁口气说：

“即使您不信神，但祈祷一下，好像心里会安稳一些。您吻圣像吧，亲爱的。”

安德烈·叶菲梅奇不好意思，也吻了圣像。米哈依尔·阿维良内奇则努起嘴唇，摇摇头，小声祈祷，眼睛里又流出了眼泪。后来他们到克里姆林宫去，在那里参观了皇家的礼炮和钟，甚至用手指摸了摸。他们又欣赏了一下莫斯科河对面的风景，游览了救世主教堂和鲁缅采夫博物馆。

他们在捷斯托夫饭店吃午饭。米哈依尔·阿维良内奇看菜单看了很久，捋着连鬓胡子，用一种在饭店就像在家里一样的美食家的口吻说：

“我们倒要瞧瞧，你们今天拿什么菜来给我们吃，天使！”

十四

医生游览、参观，吃了、喝了，可是只有一种感觉：对米哈依尔·阿维良内奇的恼恨。他很想离开这个朋友，休息一会儿，躲开他，藏起来。而这个朋友却认为，不让医生离开他一步，尽量想办法让他消遣，乃是他的责任。当再也没有什么东西可看的时候，他就用谈话来给他解闷。安德烈·叶菲梅奇忍耐了两天，到第三天他就向朋友声明他病了，想留在家里待一天。他朋友说，这样的话他也要留下来，着实也该休息一下了，否则两条腿也坚持不了。安德烈·叶菲梅奇躺在长沙发上，脸对着靠背，紧咬着牙齿，听着他朋友热烈地对他肯定说，法国迟早一定会打垮德国；莫斯科有许多骗子；单凭外表，不可能看出马的优点。医生的耳朵里开始嗡嗡地响起来，心跳过速，可是出于客气，他又不便叫他朋友走开或者闭嘴。幸亏米哈依尔·阿维良内奇在房间里也坐得无聊了。他吃过饭便出去散步去了。

剩下单独一个人时，安德烈·叶菲梅奇就进入了休息的感觉。意识到一个人在房间里长沙发上一动不动地躺着，这是多么愉快啊！没有孤独就不可能有真正的幸福。堕落的天使背叛上帝，大概就是因为他想孤独，而天使们是不知道孤独的。安德烈·叶菲梅奇想思考一下最近几天来他所看到和听到的东西，可是米哈依尔·阿维良内奇却总是不离开他的脑际。

“不过要知道，他之所以休假陪我出来是出于友情，由于慷慨，”医生懊恼地想，“但再没有比这种友情的保护更糟糕的了。要知道，他像是一个好心的、大度的快活人，可是却很无聊，无聊得叫人受不了。有些人就是这样，他们总是说一些聪明、好听的话，但你却总觉得他们很蠢笨。”

在后来的几天，安德烈·叶菲梅奇都推说有病，没有出旅馆的房间。他躺着，把脸对着靠背。朋友要和他谈话来给他解闷，他就烦；而朋友不来的时候，他却能休息。他因为跑出来旅行而生自己的气；他也生朋友的气，因为米哈依尔·阿维良内奇的废话越来越多，越来越随便，他怎么也不能把米哈依尔的思想提到严肃、高尚的境界。

“这就是伊万·德米特里奇所说的，现实生活对我的严厉斥责。”他想道，为自己的小气而生气，“不过，这也没有什么……将来我回到家，一切就会和从前一样……”

在彼得堡也仍旧是那样。他整天不出门，躺在长沙发上，只是为了喝啤酒才起来一下。

米哈依尔·阿维良内奇则一直急于要到华沙去。

“我亲爱的，我们干吗要到那里去呢？”安德烈·叶菲梅奇用恳求的声音说，“您一个人去吧，您就让我回家吧！我求您了！”

“这可无论如何都不行！”米哈依尔·阿维良内奇不同意地说，“那是一个多么令人惊叹的城市啊！在那里我曾度过了我生活中最幸福的五年！”

安德烈·叶菲梅奇缺乏坚持己见的性格，不得已又到华沙去了。在华沙他也没有出过旅馆房间的门，躺在沙发上，生自己的气，生朋友的气，也生仆役的气。这些仆役老是听不懂俄语。米哈依尔·阿维良内奇则照样那么健康，精力充沛，非常高兴。他从早到晚都不回旅馆住宿。有一次，他不知在什么地方过夜，大清早才回来，情绪十分激动，满脸通红，头发蓬乱。在房间里他从这一头到那一头来回踱步很久，自言自语，不知嘟哝些什么，后来他站住说：

“名誉是首要的！”

他又踱步一会儿，然后双手捧着脑袋，用悲惨的声调说：

“对，名誉第一！真该死，我当初怎么会想到要来游历这个巴比伦呢！我亲爱的！”他对医生说，“您鄙视我吧，我赌钱输了！请您给我五百卢布吧！”

安德烈·叶菲梅奇取出了五百卢布，默默地把钱交给了朋友。他的朋友由于害臊和气恼仍然面红耳赤、语无伦次地发了一个不必要的誓，戴上帽子就出去了。大约过了两个钟头他回来了，一屁股坐在圈椅里，大声地叹了一口气，说：

“总算保住了名誉！我们走吧，我的朋友！在这个该死的城市里，我连一分钟也不想待了。都是骗子！都是奥地利奸细！”

两个朋友回到故乡城市时，已经是十一月了，街上铺上了厚厚的雪。霍博托夫医生已接替了安德烈·叶菲梅奇的职位，他仍旧住在原来的住宅里，等着安德烈·叶菲梅奇回来，腾出医院的住所。那个被他称作“女厨子”的丑女人则已经在一个厢房里住下了。

医院里又有新的流言传遍了全城。据说，那个丑女人跟总管吵了架，总管好像曾跪在她的面前求饶。

安德烈·叶菲梅奇回来后的第一天就不得不出去找住处。

"我的朋友，"邮政局长胆怯地对他说，"原谅我冒昧问一句：您手里还有多少钱呢？"

安德烈·叶菲梅奇默默地数了数自己的钱说：

"八十六个卢布。"

"我问的不是这个，"米哈依尔·阿维良内奇不安地说，没听懂医生的话，"我问您总共有多少财产？"

"我已经跟您说了，八十六个卢布……此外我一无所有了。"

米哈依尔·阿维良内奇一贯把医生看作是正直的高尚的人，但仍旧有点怀疑，认为他至少也有两万卢布的存款，而现在才知道，安德烈·叶菲梅奇是个穷光蛋，没有钱来维持生活。不知为什么，他突然流下了眼泪，并拥抱了自己的朋友。

十五

安德烈·叶菲梅奇在一个女小市民别洛娃的一所有三个窗户的小房子里住了下来。这个小房子，不算厨房，只有三个房间，其中两个窗户朝外的房间医生居住，达留什卡和带着三个孩子的女小市民就住在第三个房间和厨房里。女房东的情夫，一个醉醺醺的庄稼汉有时也来这里过夜。他晚上大吵大闹，弄得孩子们和达留什卡十分害怕。他一来就坐在厨房里，要吃要喝酒，大家都感到很不舒服。医生出于怜悯心，把哭哭啼啼的孩子们领到自己的房间里，安排他们睡在地板上。这样，他也得到很大的满足。

跟往常一样，他八点钟起床，喝过茶后便坐下来看自己的旧书和旧杂志，他已经没有钱买新书了。也许是由于旧书，也许是由于改变了环境，书已不像从前那样引人入胜了，看书使他感到累了。为了不白白浪费时间，他把自己的书编制了一个详细的书目，在书脊上贴上小张藏书条。这种机械的细致而又耐心的工作他觉得比看书还更有趣。这种单调费神的工作不知不觉地使他的思想也慢慢昏睡了。他什么也不想，时间过得很快。甚至在厨房里坐一坐，跟达留什卡一块儿削削土豆皮或者挑出荞麦粒里的皮屑，他也觉得很有趣。每逢星期六和星期日他就到教堂去。他靠墙边站着，眯缝着眼睛，听着圣歌，想想父亲、母亲，想想大学、宗教。心里既平静，亦忧伤，然后走出教堂，并惋惜礼拜仪式结束得太快了。

他到医院里去看望过伊万·德米特里奇两次，想跟他谈谈话，但这两次伊万·德米特里奇都情绪非常激动、恼怒；他请医生不要来打搅他，因为他早就对医生的废话感到讨厌了，并且说，他为自己的一切苦难只向该死的坏蛋们要求一个补偿：单人监禁。难道连这一点他们也拒绝吗？这两次安德烈·叶菲梅奇向他告辞并祝他晚安时，他都没有好气地说："你见鬼去吧！"

安德烈·叶菲梅奇现在不知道自己该不该再去看望他，可是他还是想去。

以前，吃完午饭后的那一段时间，安德烈·叶菲梅奇都是在书房里踱步、思考。而现在，从吃完午饭到喝晚茶为止，他都躺在长沙发上，脸朝靠背，尽想些微不足道的小事，怎么也抑制不住自己。他总觉得很委屈：自己做了二十多年的事，却不给他发养老金，也没有发一次性的补贴金。诚然，他工作得不勤恳，但是要知道，不论勤恳的还是不勤恳的，所有的工作人员一律都领了养老金。当今的公平正好在于：官品、勋章、养老金等并不是根据道德品质或才干，而是一般地根据服务并且不管是什么样的服务而颁发的。为什么就他一个人该是例外呢？他已经完全没有钱了。他走过小铺子，看见女房东就觉得害臊。他已经欠了人家三十二卢布的啤酒钱了，也欠女小市民别洛娃的钱。达留什卡悄悄地在卖旧衣服和旧书，并向女房东撒谎说，医生很快就能收到很多的钱。

他恨自己在旅行中花掉了他所积蓄的一千卢布。这一千卢布现在多有用处啊！他心里很难过，因为人们不让他过安静的日子。霍博托夫有时也来看望自己这个有病的同事，认为这是他的责任。而安德烈·叶菲梅奇却对他十分反感：肥胖的脸，令人不快的、傲慢的口气，“同事”这个词，以及那双高筒皮鞋。最反感的是，他自以为有责任给安德烈·叶菲梅奇治病，并且自以为真的在给他治病，每回来访都给他带来溴化钾药水和大黄药丸。

米哈依尔·阿维良内奇也认为自己有责任来看望朋友，为他消烦解闷。他每次走进安德烈·叶菲梅奇的屋里时，都做出很随便的样子，不自然地哈哈大笑，并要他相信今天他的气色很好，多谢上帝，情况有好转。其实从这些话里反倒可以做出结论：他朋友的情况没有希望了。他还没有把在华沙借的钱还清，心头还压着沉重的羞愧，很紧张，因此他尽量大声地笑，把故事讲得更可笑一些。他的笑话和故事如今更显得讲不完了。这不论是对安德烈·叶菲梅奇还是对他自己，都是十分难受。

有他在的时候，安德烈·叶菲梅奇照例是躺在长沙发上，脸对着墙，咬紧牙齿听着。他的心头堆积着一层沉渣，他朋友每一次拜访之后，就感到这层沉渣堆得更高了，好像就要冒到喉咙了。

为了压住这些琐碎的感触，他就赶快想道：不论是他自己，还是霍博托夫和米哈依尔·阿维良内奇，早晚反正都是要死的，甚至不会在自然界留下一点痕迹。如果想象一百万年以后有一个什么精灵在地球旁边的空中飞过，这个精灵看到的只会是黏土和光秃秃的峭壁，什么文化、道德准则——一切都会消失，连一根牛蒡也不会长出来。至于在小铺老板面前觉得羞臊，微不足道的霍博托夫，或者米哈依尔·阿维良内奇的讨厌的友情，又有什么意义呢？所有这一切都是无聊和空虚。

可是这样的作想也无济于事。他刚刚想象了一百万年以后的地球，而穿着高筒皮鞋的霍博托夫或者紧张地大笑的米哈依尔·阿维良内奇就从光秃秃的峭壁后面出现了，甚至可以听见后者那羞涩的低语："至于华沙的债，亲爱的，最近几天我就还给您……一定。"

十六

有一次，米哈依尔·阿维良内奇午饭后来了。安德烈·叶菲梅奇正躺在长沙发上。恰巧，这时霍博托夫也带着溴化钾药水来了。安德烈·叶菲梅奇困难地爬起来，坐着，两只胳膊支在沙发上。

"我亲爱的，今天，"米哈依尔·阿维良内奇开始说，"您的脸色比昨天好多了。您真行，真的，您真行！"

"您是到了该康复的时候了，同事，"霍博托夫说，打了个哈欠，"这种浪费时间的麻烦事大概您自己也讨厌了吧？"

"我们会康复的！"米哈依尔·阿维良内奇高兴地说，"我们会再活一百年！一定！"

"一百年不一百年，再活二十年总能行的。"霍博托夫安慰说，"没关系，没关系，同事，别泄气……这病不过是给您故布疑阵罢了。"

"我们还要大展宏图呢！"米哈依尔·阿维良内奇哈哈大笑起来，并拍了拍朋友的膝盖，"我们还要大展宏图呢！明年夏天，求上帝保佑，我们到高加索去，骑着马到处逛一逛——

驾！驾！驾！从高加索回来的时候，瞧着吧，恐怕还要举办一次结婚典礼呢。”米哈依尔·阿维良内奇调皮地眨眨眼睛，“我们会给您说成一门亲事的，好朋友……我们会给您说成一门亲事的……”

安德烈·叶菲梅奇突然觉得那沉渣就要冒到喉咙里来了，他的心跳得非常厉害。

“这是庸俗！”他说，很快地站起来，走到窗前，“难道你们不明白你们在说庸俗的话吗？”

他本想温和而又有礼貌地继续说下去的，可他却违心地突然攥紧拳头，并伸到头顶上去。

“别来烦我了！”他喊道，嗓音都变了，满脸通红，全身发抖，“出去，你们俩都出去！你们俩！”

米哈依尔·阿维良内奇和霍博托夫都站起来，看着他，先是莫名其妙，后来害怕了。

“两人都出去！”安德烈·叶菲梅奇继续喊道，“蠢材！傻瓜！我既不需要你们的友情，也不需要您的药，傻瓜！庸俗！卑鄙！”

霍博托夫和米哈依尔·阿维良内奇非常狼狈，互相看了一眼，向后退到门口，走到前堂去。安德烈·叶菲梅奇一手抓起那瓶溴化钾，朝他们身后扔了过去，砰的一声，药水瓶打在门槛上碎了。

“滚蛋！”他用哭泣的声音喊道，跑到前堂，“滚！”

客人走后，安德烈·叶菲梅奇像发高烧似的，全身哆嗦，躺在长沙发上，久久地重复着说：

“蠢材！傻瓜！”

等他平静下来时，他首先想到的是：可怜的米哈依尔·阿维良内奇现在大概是羞愧不堪，心里非常难受。这一切非常可怕。过去还从来没有发生过这样的事情，智慧和分寸感都到哪里去了呢？对事物的理解啦，哲学上的冷漠啦，都哪里去了呢？

医生由于羞愧和对自己的恼恨，整夜不能入睡。早晨十点钟便到邮政局去向邮政局长道歉。

“已经过去了的事我们就不要再提了。”米哈依尔·阿维良内奇叹口气说，他很感动，紧紧地握着他的手，“谁再提旧事，谁就眼睛瞎掉。留巴甫舍！”他忽然大喊一声，弄得全体邮局人员和顾客都震颤了一下，“搬椅子来，你等着！”他对一个妇女喊道，她正通过铁格栅，向他递过一封挂号信来，“难道你没看见我忙着吗？过去的事我们就不要提了。”他继续温和地对安德烈·叶菲梅奇说，“我恳求您，您就坐下吧，我亲爱的。”

他沉默了一会儿，揉了揉自己的膝部，然后说：

“我根本没想要生您的气。疾病是无情的，我明白。昨天您的病发作，把医生和我都吓了一跳。后来我们谈了很久关于您的事，我亲爱的，您为什么不肯认真地治治您的病呢？难道可以这样吗？请原谅我出于友情直率地说一句，”米哈依尔·阿维良内奇低声地说，“您生活在非常不利的环境里，又挤又肮脏，没有人照料您，没有钱治病……我亲爱的朋友，我和医生都全心全意地恳求您，请您听听我们的忠告：住院去吧！那里有保健食品，有人护理，有医生治疗。叶夫根尼·费多雷奇虽然没有礼貌，但他医术高明，我们完全可以信任他。他已经答应我要为您治病。”

安德烈·叶菲梅奇被这种真诚的关心和忽然在邮政局长脸颊上闪现的泪水感动了。

“尊敬的，您不要相信，”他小声地说，把手放在胸口上，“您不要相信他！这是骗人的！我的病只不过是因为二十年来我在全城只找到一个聪明的人，而他却是一个疯子。我没有任何病，只不过我掉进了一个魔圈里，走不出来了。我现在一切都不在乎了，我准备承受一切。”

“住院去吧，亲爱的。”

“我一切都不在乎了，哪怕是一个坑，我也会跳下去。”

“亲爱的，答应我，您得一切都听叶夫根尼·费多雷奇的安排。”

“好，我答应。不过我得重说一遍，我尊敬的朋友，我掉进了一个魔圈里，现在一切东西，哪怕是朋友的真诚关心，都只会引向一个目标：我的死亡。我正在走向死亡，而且我有勇气承认这一点。”

“亲爱的，您会康复的。”

“何必还要说这些话呢？”安德烈·叶菲梅奇生气地说，“很少有人在生命结束时不经受像我现在的情况的。当有人告诉您，说您的肾有病或者心房扩大之类的话，于是您便开始治病，或者有人对您说您是疯子或罪犯，总之一句话，当人们忽然注意您，那么，您便知道，您已经掉进魔圈里了，再也出不来了。您竭力想逃出来，却反而陷得更深，那您就认输吧，因为任何人类力量也已挽救不了您了。我是这样觉得的。”

这当儿窗户旁边已挤满了人。安德烈·叶菲梅奇为了不妨碍别人工作，便站起来告辞。米哈依尔·阿维良内奇再一次要他许诺，并送他到门口。

同一天傍晚前，霍博托夫穿着短羊皮袄和高筒皮鞋也出人意料地到安德烈·叶菲梅奇家里来了。他用一种好像昨天什么事也没有发生似的口气说：

“我是有事来找您，同事。我来邀请您：您能否跟我一块儿去参加一个会诊呢，啊？”

安德烈·叶菲梅奇以为霍博托夫是要他出去散散心、解解闷，或者真的是让他去赚点钱，便穿上衣服，跟他一块儿去了。他很高兴有机会把他昨天的过失冲淡一下，就此和解了。他心里感激霍博托夫，因为昨天的事他甚至提都不提，显然是原谅了他。这个没有教养的人竟有这样的委婉态度，倒是很难料到的。

“您的病人在哪里呢？”安德烈·叶菲梅奇问道。

“在我的医院里，我早就想请您去看看了……这是一个很有趣的病例。”

他们走进医院的院子，绕过主楼，朝那个住着疯子的厢房走去。不知为什么，大家都没有说话。他们走进厢房，尼基塔照例地跳下来，立正站着。

“这里有个病人，他的两侧肺发生了并发症。”霍博托夫和安德烈·叶菲梅奇一起走进病房，小声说，“您在这儿等一会儿，我马上就来。我去取一下听诊器。”

说完，他就出去了。

十七

天黑下来了，伊万·德米特里奇躺在自己的床上，把脸埋在枕头里。瘫子坐在那里，一动不动，嘴唇不停地颤动，小声地哭泣。那个肥胖的农夫和从前的拣信员在睡觉，一片静寂。

安德烈·叶菲梅奇坐在伊万·德米特里奇的床上等着，可是半个钟头过去了，霍博托夫也没有来。尼基塔抱着一身病号服和不知是谁的衬衣、拖鞋，走进病房里来了。

“请您穿上这衣服，老爷，”他小声地说，“这是您的床，请到这边来。”他指着那张空床，补充了一句。显然这是刚搬进来不久的一张床，“不要紧，上帝保佑您，您会康复的。”

安德烈·叶菲梅奇全明白了。他一句话也没说，走到尼基塔指着的那张床边，坐下来。他看见尼基塔还站在那里等着，便脱光身上的衣服。衬裤很短，衬衣却很长。病号服有一种熏鱼味。

“您会康复的，上帝保佑您。”尼基塔再说一遍。

他把安德烈·叶菲梅奇的衣服收起来抱在一起，走了出去，随手把门带上。

“反正都一样……”安德烈·叶菲梅奇想，不好意思地把病号服的衣襟掩上，觉得穿上这新换的衣服像个罪犯，“反正都一样……礼服、制服和这身病号服，反正都是一样……”

可是我的表呢？那放在侧面衣兜里的笔记本呢？纸烟呢？尼基塔把我的衣服拿到哪里去了呢？现在，也许他到死也不会有机会穿他的长裤、背心和高筒靴了。所有这些，开始时他觉得奇怪，甚至不理解。安德烈·叶菲梅奇到现在还相信小市民别洛娃的房子跟这个六号病房没有什么差别，这世界上的一切都是荒诞、虚无。但同时他却手发抖，脚冰凉，一想到一会儿伊万·德米特里奇起来，看见他也穿着病号服，就不由得害怕起来。他站起来，走一走，又坐下。

他就这样坐了半个小时，一个小时。他感到厌烦极了。在这里难道能度过一天、一个星期，甚至像这些人那样几年都住下去吗？瞧，他已经坐了一阵子，走了一阵子，现在又坐下了。他还可以到窗口看看，然后又从这个角落走到那个角落。可是再以后呢，怎么样？就这样像个木头人一样老坐着、思考吗？不，这样总不行啊。

安德烈·叶菲梅奇躺下去，可是马上又坐起来，用袖子擦了擦额头上的冷汗，于是便觉得整个脸都有熏鱼味了。他又走来走去。

“这里一定是有什么误会……”他说，困惑莫解地摊开双手，“需要解释一下，这里有误会……”

这时伊万·德米特里奇醒了。他坐起来，两只拳头支住腮帮子，吐了一口唾沫，然后懒洋洋地看了一眼医生。看样子，开始时他还不明白是怎么一回事，但很快他那睡眼惺忪的脸就显出了恶意的和讥讽的神情。

“啊哈，亲爱的，您也被关在这里了！”他眯缝着一只眼睛，用睡意蒙眬的沙哑的声音说，“我很高兴，您以前吸别人的血，而现在别人要吸您的血了。太妙了！”

“这一定有什么误会……”安德烈·叶菲梅奇说。伊万·德米特里奇的话使他害怕，他耸耸肩膀，再说一遍，“这一定有什么误会……”

伊万·德米特里奇吐了一口痰又躺下了。

“该诅咒的生活！”他说，“真是既可悲又可气。要知道，这种生活不是以苦难得到补偿而结束，不是像戏剧里那样，受到公众的赞扬而结束，而是一死了事。然后来几个医院的杂役，拉着死尸的胳膊和腿，拖到地下室去。呸！不过，也没关系……到时候我要从那个世界再到这里来显灵，吓唬这些败类。我要把他们吓得头发变白。”

莫依谢依卡回来了。他一见到医生，就伸出手来。

“给我一个戈比！”他说。

十八

安德烈·叶菲梅奇走到窗口，望着外面的田野。天已经黑了。一轮冷冷的、发红的月亮从右边的地平线上冉冉升起。距离医院围墙不远，不超过一百俄丈的地方，矗立着一座很高的白房子，外边由石墙围着。这就是监狱。

“瞧，那就是现实生活！”安德烈·叶菲梅奇想道，感到很害怕。

那月亮，那监狱，那围墙上的钉子，那远处烧骨场上腾起的火焰，一切都非常可怕。身后则听见叹息声。安德烈·叶菲梅奇回过头来，看见一个人胸前佩戴着闪闪发光的星章和勋章，微笑着，调皮地眨着一只眼睛。这也显得非常可怕。

安德烈·叶菲梅奇劝导自己说，在月亮和监狱里也没有什么特别的东西，精神健康的人也戴勋章。世上的一切迟早都会腐烂，变成黏土。可是他忽然感到非常绝望，两手抓住铁格栅，使劲地摇撼它，坚固的铁格栅却一动也不动。

后来，为了不至于感到可怕，他走到伊万·德米特里奇的床边，坐下来。

“我的精神垮了，我亲爱的，”他小声说，全身发颤，擦了擦冷汗，“我精神垮了。”

“您可以谈谈哲学。”伊万·德米特里奇讥讽地说。

“我的上帝，我的上帝啊……对，对了……有一次您说俄国没有哲学，可是大家都在谈哲学，甚至小人物也在谈。不过，要知道，小人物谈哲学，对谁都没害处。”安德烈·叶菲梅奇用一种好像要哭出来让别人同情的声音说，“但为什么，亲爱的，您要幸灾乐祸地笑呢？如果小人物不满意，他怎么能不发议论呢？一个像神那样聪明的、有教养的、骄傲的、爱好自由的人却没有别的出路，只能到一个肮脏、愚昧的小城市里去当医生，一辈子就跟拔血缶、蚂蟥、芥子膏打交道！简直是欺骗、狭隘、庸俗！啊！我的上帝！”

"您在说蠢话。您如果不愿意当医生，就去做大臣好了。"

"不行，做什么都不行。我们软弱，亲爱的……过去我蔑视一切，议论起来眉飞色舞，但是一旦生活不客气地碰撞我一下，我就泄气了……我们意志消沉……我们软弱，我们是没用的东西……您也一样，我亲爱的，您聪明、高尚，从母亲的奶里吸取了善良的热情，可是刚刚进入生活就疲倦了，生病了……我们软弱，软弱啊！"

除了害怕和屈辱感外，随着夜晚的来临，还有一种无法摆脱的东西折磨着安德烈·叶菲梅奇。终于他明白了：他很想喝酒和抽烟。

"我要出去一下，我亲爱的，"他说，"我去叫他们在这儿点上灯……这样我受不了，我不能这样……'

安德烈·叶菲梅奇走到门边，打开门，可是尼基塔立即跳了下来，挡住他的去路。

"您要上哪儿去？不行，不行！"他说，"到睡觉的时间了。"

"我只要出去一会儿，在院子里走一走！"安德烈·叶菲梅奇惊慌地说。

"不行，不行，这是不允许的，您自己也知道。"

尼基塔把门关上，用背抵住了门。

"可是，即使我出去一下，对谁又有什么损害呢？"安德烈·叶菲梅奇问道，耸耸肩膀，"我不明白，尼基塔，我要出去！"他用发颤的声音说："我要出去！"

"别捣乱，这可不好！"尼基塔用教训的口气说。

"他妈的，这是怎么一回事！"伊万·德米特里奇忽然喊道，并跳下床来，"他有什么权利不放我们出去？他们怎么敢把我们关在这里？法律上好像说得很清楚，不经审判不能剥夺任何人的自由！这是暴力！这是专横！”

“当然是专横！”安德烈·叶菲梅奇在伊万·德米特里奇叫喊声的鼓励下说道，“我要出去，我一定要出去。他没有权利！我对你说，你放我出去！”

“你听见没有，愚笨的畜生？”伊万·德米特里奇大声喊道，并用拳头敲门，“开门，不然我就把门砸了！残忍的家伙！”

“开门！”安德烈·叶菲梅奇叫道，气得浑身发抖，“我要你开门！”

“你尽管说吧！”尼基塔在门后说，“你就说吧！”

“至少你得去把叶夫根尼·费多雷奇叫来！就说是我请他来的……来一会儿！”

“明天他老人家自己会来的。”

“他们永远不会放我们出去的！”伊万·德米特里奇接着说，“我们会在这里被折磨死的！噢，主啊……难道在阴间真的没有地狱，这些恶棍会得到宽恕？正义在哪里呢？开门，恶棍！我要闷死了！”他用沙哑的声音喊道，并使劲地敲门，“我要把你的脑袋砸碎！杀人犯！”

尼基塔快速地打开了门，用双手和膝盖粗暴地推开安德烈·叶菲梅奇，然后抡起拳头，朝他的脸上打去。安德烈·叶菲梅奇只觉得一股强烈的带咸味的浪潮从脑袋上盖了过来，把他推到床边。他的嘴里真的有一股咸味：大概是牙齿出血了。他好像要游出去，挥动双手，并抓住了什么人的床架。这时他感觉到尼基塔朝他背上抡了两拳。

伊万·德米特里奇大喊了一声，大概他也挨打了。

后来一切便安静了。稀疏的月光透过铁格栅照了进来，在地板上印下了像网一样的影子，很可怕。安德烈·叶菲梅奇躺着，屏住呼吸。他惊恐地等着被再打一顿。就好像有一个人拿着镰刀，刺在他身上，并在他的胸中和肠子里搅动了几下，他痛得咬住枕头，咬紧牙关。突然，他头脑里在混乱中清楚地闪过一个可怕的令人难以忍受的思想：这些如今在月光里像黑影子一样的人们，若干年来大概天天都在受这样的痛苦。而这种事他怎么会二十多年来一直不知道呢？他不知道痛苦，没有痛苦的概念，就是说，他并没有过失，不过他那跟尼基塔一样固执和粗暴的良心却使他从后脑勺直到脚后跟都冰凉了。他想跳起来使尽全身的劲大叫一声，立即去杀死尼基塔，然后杀死霍博托夫、总管、医士，最后杀死自己。可是他的胸中却发不出一点儿声音，双脚也不听使唤。他喘不过气来，扯着胸前的病号服和衬衣，把它们撕碎，倒在床上，失去了知觉。

十九

第二天早晨，他头痛、耳鸣，全身都感到不舒服。他想起昨天的软弱，并不觉得害臊。他昨天胆怯，连月亮也害怕，并且诚实地说出了以前自己没有料到会有的思想和感情，例如说小人物爱谈哲学是由于不满。不过现在他对一切都无所谓了。

他不吃、不喝，一动不动地躺着，也不说话。

“我反正都一样了，”他们问他话的时候他暗自想道，“我不打算回答……我反正一样了。”

午饭后，米哈依尔·阿维良内奇来了，给他带了四分之一磅的茶叶和一磅果冻。达留什卡也来了，在床边站了足足一个小时，脸上流露出一种呆板而悲痛的表情。霍博托夫医生也来看他了，他带来一瓶溴化钾药水，并交代尼基塔在病室里烧点什么东西，熏一熏。

临近傍晚，安德烈·叶菲梅奇由于中风死了。开始时他感到剧烈的寒战和恶心，好像有一种令人厌恶的东西穿透他的全身，甚至通到他的手指头，从胃里往上冒，一直涌进脑袋里，注满了眼睛和耳朵。眼睛里呈现出一片绿色。安德烈·叶菲梅奇明白他的末日到了，想起了伊万·德米特里奇、米哈依尔·阿维良内奇以及千百万人都相信的永生不死。可是万一真有永生不死呢？不过，他并不想永生不死，他的这个想法不过是一闪而过罢了。他昨天看书时从书上看到的一群非常美丽、轻盈的鹿，现在突然在他面前跑过去。后来一个农妇伸出手，把一封挂号信交给他……米哈依尔·阿维良内奇说了些什么。然后一切都消失了。安德烈·叶菲梅奇便永远地昏迷了。

来了几个杂役，抓住他的胳膊和腿，把他抬到小教堂里去了。在那里，他躺在桌子上，眼睛仍然睁着。夜晚的月亮照耀着他。早晨，谢尔盖·谢尔盖伊奇来了，面对雕着耶稣受难像的十字架虔诚地作了祈祷，把他前任长官的眼睛阖上了。

过了一天，安德烈·叶菲梅奇被埋葬了。送葬的只有米哈依尔·阿维良内奇和达留什卡。

（1892年）

太太

“我说过您不要收拾我的桌子，”尼古拉·叶夫格拉费奇说，“每次您收拾完我的桌子后，便什么东西都找不着了。那份电报在哪儿呢？您把它扔到哪儿去了呢？请您去找一找，它是从喀山发来的，标明昨天的日子。”

女仆是一个脸色苍白，身体很瘦的女人，面容冷漠。她在桌子下面的纸篓里找到几封电报，并默默地把电报交给医生，但这些都是本城的病人打来的电报。后来大家又到客厅和奥丽加·德米特里耶夫娜的房间里去找。

已经是深夜十二点多了。尼古拉·叶夫格拉费奇知道，妻子不会很快回家，至少也要在五点钟左右才能回来。他不相信她，每当她许久都不回来时，他都睡不着，很苦恼。与此同时，他瞧不起妻子，连同她的床、她的镜子和她那些精美的糖果盒，以及那些香气腻人的铃兰草和风信子他都瞧不起，所有那些花草都是某人每天都送给她的，并且把整个房间都弄得像花店一样。在这样的夜晚，他往往变得吹毛求疵，任性，好找碴儿。现在他就觉得好像非常需要他弟弟昨天给他打来的电报，尽管这封电报除了节日问候外，什么内容也没有。

在妻子房间的桌子上，在一个信笺盒的下面，他发现有一封电报并匆匆地看了一下。这是由一个署名为米歇尔[1]的人从蒙特

① 原文为法文，译音米歇尔。

卡洛打给岳母，由岳母转给奥丽加·德米特里耶夫娜的电报……电文医生一个字也不认得，因为它用的是某种外文，大概是英文吧。

“这个米歇尔是谁？为什么是从蒙特卡洛打来的？为什么打给岳母？”

在七年的夫妻生活中，他已养成了怀疑、猜度、分析罪证的习惯。他不止一次地想到，有了这样的家庭实习，他现在可以成为一名优秀的侦探了。他回到书房里，开始推测，立即就想起了一年半之前，他妻子在彼得堡与一位担任交通局工程师的中学同学一起到久勃饭店吃早饭的事。当时工程师给他和他的妻子介绍了一个二十二三岁的年轻人，名字叫米哈依尔·伊万内奇，姓氏很怪，很短，叫“利斯”。两个月以后，医生在妻子的相簿里看到了这个人的照片，照片上的题词用法文写着：“纪念现在，希望将来。”后来他在岳母家两次见到这个人。那正好是发生在妻子经常出门的那段时间，她常常是早晨四五点钟才回到家里，而且老是要求他为她办出国护照。他拒绝了她的要求。于是他们整天在家里舌战，让他在仆人面前都感到害羞。

半年前，医生的同事诊断出他初期肺病，劝他丢开一切，到克里米亚去疗养。奥丽加·德米特里耶夫娜得知后，装出很吃惊的样子，开始对丈夫亲热起来，并老是要他相信，克里米亚又冷又乏味，不如到尼斯去，还说她要跟他一起去，到那里去服侍他，照料他，爱护他……

现在他才明白，妻子为什么如此希望到尼斯去，原来她的米歇尔就住在蒙特卡洛。

他拿来英俄字典，一面翻译单词，一面推测电报的含义，逐渐组成了这样一个句子：“为我亲爱的情人干杯，一千次地吻你的小脚。焦急等待你的到来。”他暗自想象着，他若是同意跟妻子一起到尼斯去，自己会扮演一种何等可笑而又可怜的角色啊！他难受得差一点要哭出来了，激动地在房间里走来走去。他的自尊心，他那平民阶层的爱挑剔的习性在心里翻腾起来了。他由于憎恶而紧握拳头，紧皱眉头。他问自己：他，一个乡村牧师的儿子，受过宗教学校教育的学生，耿直、粗犷，职业上是一名外科医生——怎么能甘心受奴役，可耻地屈从于这个软弱、渺小、出卖灵魂的下贱货呢?

“小脚！”他一边揉皱电报，一边嘟哝道，“小脚！”

自从他爱上她，向她求婚，然后是共同生活七年以来，所留下的记忆，就只有那一头香香的长发、一团柔软的花边和一双小脚。这双小脚确实很小很美，现在他手中和脸上似乎也还保存着往日拥抱她时留下的丝绸和花边的感觉——其他就再也没有什么了，如果不把歇斯底里的发作、尖叫、责怨、威胁和厚颜无耻的背信弃义以及谎话也算在内的话，真的是什么也没有了……他想起从前在乡下父亲的家里，常有一只鸟无意中从院子里飞进屋里来，疯狂地撞击着玻璃，撞翻各种物品。现在这个女人也是这样，从一个完全陌生的圈子里撞进他的生活中来，给他造成真正的毁灭。他一生中最好的年华是在地狱中度过的，幸福的希望已被粉碎，受到嘲笑，并失去了健康。他的房间里尽是些庸俗的、妓女式的摆设。他有一万卢布的年薪，却无论如何抽不出哪怕十个卢布来寄给自己作为牧师太太的母亲，并且还欠下一万五千卢布的债，立了借据。就算是他家里住上了一伙强盗，他的生活恐怕也不至于弄成这个样子。正是因为这个女人，他的家才变得如此绝望、不可救药和破败不堪。

他咳嗽起来，并且气喘吁吁，必须躺到床上去暖和暖和。可是不行，他仍旧在各个房间里走来走去或在桌子旁边坐下来，神经质地拿着铅笔，在纸上信手写道：

“试笔……小脚……”

快到五点钟时，他的身体变得虚弱了，并把一切过错归咎于自己一人。现在他似乎觉得，假如奥丽加·德米特里耶夫娜跟另一个人结婚，这个人能给她良好的影响，那么有谁知道，也许她会变成一个善良的女人；而他却是一个坏心理学家，不懂得女人的心灵，况且也不招人喜欢、粗鲁……

“我已经活不长了，”他在想，“我是死人，不该去妨碍活人。现在我再去坚持自己的某种权利，其实是古怪而又愚蠢的。我要去跟她说明，让她去找她心爱的人……我跟她离婚，罪责由我来承担……”

奥丽加·德米特里耶夫娜终于回来了，跟往常一样，披一件白色斗篷，戴着帽子，穿着套鞋。她走进书房，便坐在圈椅上。

“讨厌的胖顽童，”她喘着粗气并呜咽着说，“这甚至是不诚实，这是丑恶。”她跺了跺脚，“我受不了，受不了，受不了！”

“怎么回事？”尼古拉·叶夫格拉费奇走到她跟前问道。

“刚才大学生阿札尔别科夫送我回家，把我的手提包丢了，包里面有十五个卢布呢，那是我刚从妈妈那里拿的钱。”

她哭得很厉害，像小姑娘一样，不仅手绢，甚至连手套都被泪水沾湿了。

“那怎么办呢！”医生叹口气说，“丢了就丢了，别去管它了。安静一些，我有话跟你说。”

“我又不是百万富翁，能这样不在乎钱吗？他说他要还我，但我不相信，他很穷……”

丈夫请求她安静下来，听他说话。她却一味地说大学生，说自己丢掉的十五个卢布。

“哎呀，明天我给你二十五个卢布，只求你别说了，劳驾！”他生气地说。

“我要换衣服！”她哭着说，“穿着皮大衣，我不能严肃地说话！真奇怪！”

他帮她脱掉皮大衣和套鞋。与此同时，他闻到了白葡萄酒的气味，就是她在吃牡蛎时喜欢喝的那种酒（虽然她身材娇小，却吃得很多，喝得也很多）。她走进自己的房间里去，不久就回来了，已经换过了衣服，补过了粉，眼睛带着泪痕，坐下来，整个身子都裹在她那轻薄的镶有花边的又宽又长的外衣里。在一堆粉红色的波浪里，她的丈夫只看见她那蓬松的头发和一只穿着拖鞋的小脚。

“你想要说什么呢？”她在圈椅里摇晃着身子说。

“我无意中看见这个……”医生把电报递给她说。

她看过电报后耸耸肩膀。

“这有什么呢？”她说，身子摇晃得更厉害了，“这是普通的新年贺电，没有别的意思。这里面没有什么秘密。”

“你估摸着我不懂英文。是的，我是不懂英文，但是我有字典。这封电报是利斯打来的，他在为自己情人的健康干杯，并且还要吻你一千次。不过，我们暂且不说这个，不说这个……”医生急忙地接着说，“我全然不想责备你，或者跟你吵架，吵架与责备已经够多了，该结束了……我想对你说的是：你自由了，你想怎样生活就怎样生活去吧。”

他们沉默了一阵子。她开始小声哭起来。

“我让你今后不必再做作和撒谎了，”尼古拉·叶夫格拉费奇继续说，“你若是爱这个年轻人，你就爱吧；你若想出国找他去，你就去吧。你年轻、健康，我却已经是个残疾人了，活不长了。总之……你懂我的意思。”

他很激动，再也说不下去了。奥丽加·德米特里耶夫娜一边哭着，一边用自我怜惜的口吻承认，她爱利斯，并曾跟他一起在城里兜风，常到他住的旅馆里去，而且她确实很想到国外去。

“你瞧，我什么也不隐瞒，”她叹口气说，“我的整个灵魂都是敞开的。我再一次央求你能宽宏大量，给我办个护照。”

“我再说一遍：你自由了。”

她坐到另一个位子上，离他近一点，以便能看见他的脸部表情。她不相信他说的话，她现在想知道他心里的秘密的想法。她从来都没有相信过谁，不管他们的意图是多么崇高，她总怀疑其中有卑微的、低劣的动机和利己主义的目的。当她用试探的目光打量他时，他似乎觉得，她的眼睛像猫的眼睛一样，闪着绿光。

“我什么时候能得到护照呢？”她小声问道。

他本来马上就想说：“你休想！”但是他忍住了，便说：

“随你的便。”

“我只去一个月。”

“你可以永远到利斯那儿去，我跟你离婚，而且由我来承担罪责。这样利斯就可以和你结婚了。”

“可是，我根本就不打算离婚！”奥丽加·德米特里耶夫娜连忙说，做出惊讶的样子，“我没有要求跟你离婚！你给我办个护照，别的我什么也不要。”

“可是，你为什么不愿意离婚呢？”医生问道，快要生气了，“你是一个怪女人。你是多么奇怪啊！如果你真的对他着迷，而他也爱你的话，你们在现在的情况下，考虑结婚再好不过了。难道你还要在结婚与私通之间做什么选择吗？”

“我懂您的意思，”她一边说一边从他面前走开，脸上显出凶狠的报复的表情，“我非常了解您，我已经令您讨厌了，您是想干脆把我甩掉，强迫我离婚。谢谢您，我没有您想象的那么傻。我不打算离婚，也不离开您，我不走，不走！首先，我不愿意失去我的社会地位。”她很快地接着说，好像害怕有人不让她说话似的，“其次，我已经二十七岁了，利斯却只有二十三岁，一年之后，他讨厌我了，也会把我甩掉。第三，您想知道的话，我也不瞒您说，我不敢担保我的迷恋能维持多久……这就是我要对您说的！我不会离开您。”

“那么，我就把你从家里赶出去！”尼古拉·叶夫格拉费奇跺起脚来，大声喊道，“我把你赶出去，无耻的贱货！”

“那我们就走着瞧吧！”她说完，走出去了。

他还是在屋里走来走去，并在客厅里那张七年前他们结婚后不久拍的照片面前停下来，久久地望着它。这是一张全家福，有岳父岳母和他的妻子奥丽加·德米特里耶夫娜，当时她才二十岁；还有他自己，实际上他也还是个青年，一个幸福的丈夫。岳父刮了脸，身体虚胖，是个害了水肿病的三品文官，狡猾而且贪财；岳母是个胖太太，脸盘很小却很凶，像黄鼠狼一样。她发疯似的爱自己的女儿，全力护着她，哪怕女儿掐死了人，这个母亲也不会说一句话，只会用自己的衣裙把女儿掩盖起来。奥丽加·德米特里耶夫娜也有一张小而凶的脸盘，而且比母亲的更露骨、更放肆。她已经不是黄鼠狼，而是庞大的野兽了！尼古拉·叶夫格拉费奇在这张照片上却显得是个异常随便的人，一个善良、朴实的青年，脸上浮现出宗教学校学生的温和的笑容，是命运把他推到那群猛兽中，他天真地相信这群猛兽会给他诗情、幸福和他过去还是大学生时所梦想的一切。当时他还唱着“不恋爱就等于断送青春”这首歌呢……

于是他再次疑惑地问自己：他，一个乡村牧师的儿子，受过宗教学校教育的学生，耿直、粗犷、老实，一名外科医生——怎么竟会如此软弱无力地落到这个渺小、虚伪、庸俗、卑贱，在天性上跟他完全不同的人的手里呢？

十点多钟，当他穿上常礼服要到医院去时，女仆走进房里来。

“您有什么事？”他问道。

“太太起来了，她请求您把昨天许给她的二十五个卢布拿给她。”

（1895年）

关于爱情

第二天的早餐上，端上桌来的是非常好吃的小馅饼、虾和羊肉饼。正在吃饭时，厨师尼康诺尔上楼来打听，午饭客人想吃些什么。这个厨师中等身材，脸很胖，眼睛却很小，刮过了脸，但唇髭却好像不是剃掉的，而是拔掉的。

阿廖兴说，漂亮的彼拉盖娅爱上了这个厨师，由于他酗酒，而且脾气暴躁，所以她不想跟他结婚，但同意就这样同居。他是一个笃信上帝的人，宗教信仰不允许他这样生活。他要求她同他结婚，否则就不与她同居了。他喝醉了酒，经常骂她，有时甚至打她。所以每当他喝了酒，她就躲到楼上去，号啕大哭。这时阿廖兴和他的仆人就都不出门了，以便在必要的时候去保护她。

大家聊起了爱情的话题。

“爱情是怎样产生的，”阿廖兴说，“为什么彼拉盖娅不去爱另一个在内心和外貌上都对她更合适的人，却偏偏爱上尼康诺尔这个丑八戒（我们这里大家都称他丑八戒），在爱情中个人幸福问题到底重要到何等程度？——这一切都不得而知，对所有问题都可以作随意的解释。迄今为止，关于爱情的议论只有一种说法堪称无可辩驳的真理，这就是：‘它是一个大秘密’；其他各种关于爱情的文字和说法都不是答案，而是对这个问题的一种仍然是悬而未决的提法。那种看上去似乎可以适合于一种情况的解释，对另外十种情况却行不通。因此我认为，最好是对每个情况作分别的解释，不要一概而论，要像医生说的那样，个别情况个别处理。”

“完全正确。”布尔金同意地说。

“我们这些上流社会的俄罗斯人对这些悬而未决的问题往往有失偏颇，通常都把爱情诗意化了，用玫瑰、夜莺之类去美化它。也是我们这些俄罗斯人，拿这些该死的问题来装饰我们的爱情，并且选取其中最令人乏味的部分。当年在莫斯科，我还是大学生的时候，曾有过一个同居的女朋友，一个可爱的女人。每当我把她拥在怀里的时候，她所想的却是我每月会给她多少钱，如今牛肉又是多少钱一磅。我们也是这样，谈恋爱的时候，不断地给自己提出下列种种问题：这样做诚实不诚实，聪明还是愚蠢，这种爱情会有什么结局，等等。这种情况好不好，我不知道。不过这么一来就会让人感到别扭，感到不满意，让人生气——这我是明白的。”

他好像还想说点什么事。大凡生活孤独的人，心头总有点东西很想向人们说出来。在城里，单身汉们常常故意进澡堂子或上馆子，无非就是想跟人说说话，有时还会向澡堂工人或饭馆服务员讲些十分有趣的故事。在乡村，人们一般也是在自己客人面前发泄一些心头的积郁。此刻，窗外是一片灰暗的天和被雨水打湿了的树木。在这样的天气里，人们无处可去，除了聊聊天和听别人聊天外便没有别的事可干了。

“我住在索芬诺，从事农业生产已经很久了，”阿廖兴开始讲，“从大学毕业至今。就我所受的教育而言，我不是体力劳动者，就我的志向而言，我也该坐在书房里。但是当我来到这里时，家里的田庄已经负了很多债，而我父亲欠债的原因之一，是我的教育费用太多了。所以我决定不离开这里，而是自己从事劳动，直到还清这笔债务。我就这样决定并着手工作了。不过我也承认，心里还是极不舒服的。这里的土地并不肥沃。为了不让农业经营亏本，就需要利用农奴或雇农的劳动力（二者几乎是一回事），不然，就得按农民的方式进行经营，也就是说，全家人一起亲自下地干活。折中的办法是没有的。可是我当时考虑得并不周到，我连一小块土地都不放过，我把邻近几个村的农夫和农妇都叫来了，把工作搞得热火朝天。我自己也耕地、播种、收割。与此同时，我又觉得枯燥乏味，厌恶得直皱眉头，就像那只由于饥饿而到菜园里去吃黄瓜的猫一样。我全身酸痛，走在路上就睡着了。刚开始，我还以为很容易就能把这种劳动生活与我的文明习惯调和起来。我想，要做到这一点，只需在表面上遵守公认的日常生活习惯就可以了。于是我在楼上的正房里住下来，并做出下面的生活安排：早饭和午饭后让佣人给我送来加有烈性酒的咖啡，晚上躺下睡觉时，我读读《欧洲通报》。可是有一天我们教区的伊万神父来了，他一口把我的烈性甜酒全喝光了，《欧洲通报》也拿给了神父的女儿们。因为是在夏天，尤其是在割草期间，我顾不上到自己的床上去睡觉，随便在板棚里、雪橇上，或者是在守林人的小屋里就睡着了，哪里还顾得上读书看报呢？后来我渐渐搬到楼下去住了，在仆人的厨房里吃饭。往日的奢华生活就此结束了。留下来的就只有这几个仆役了。这些仆役还是当年侍奉我父亲的旧人，我不忍心辞退他们。

“刚来的头几年，我就被选为荣誉调解法官，有时需要坐车进城参加一些代表大会或区法庭会议。这一段时间我倒觉得很开心。但当你在这种地方住上两三个月，哪里也不去，特别是在冬天，最终必定让人怀念起那黑色的常礼服来。在区法院里既有人穿常礼服，也有人穿制服，还有人穿燕尾服，不过大家都是受过共同教育的法律工作人员，跟谁都可以交谈。平时都在雪橇上睡觉，在下人厨房里吃饭，现在却坐在圈椅里，身上是干净的衬衣，脚下是轻便的皮鞋，胸前还挂着表链——这是何等的奢侈啊！

“在城里我受到亲切的接待，我也很乐意和他们结识。在所有的相识者中，最牢靠的，而且说实话，使我感觉最愉快的要数法庭的副庭长卢加诺维奇。你们两人都认识他，他是一个很可爱的人。这种友情是在审完那桩著名的纵火案之后开始的。审讯延续了两天，我们都很疲劳了。卢加诺维奇看了看我，说：

“‘您听我说，您就上我们家吃饭去吧！’

“这有点儿突然，因为我与卢加诺维奇的交情还不深，只是公事上有些来往，还从未到过他家。我匆匆地回旅馆换了衣服，就到他家吃饭去了。就是在这里我有机会认识了卢加诺维奇的妻子安娜·阿列克谢耶夫娜。当时她还非常年轻，不到二十二岁。半年之后她生了第一个孩子。这已经是过去的事情了。现在我已经很难说清，当时她身上究竟有什么不寻常的地方，为什么我会如此喜欢她。可是在当时吃饭的时候，我对此却是十分清楚的。我见到的是一个年轻、美丽、善良、有知识、有魅力的女人，这样的女人我以前还从来没有遇见过，我当即就觉得她是一个十分亲近、早就相知的女人，她的容貌，她那双和蔼可亲的、聪慧的眼睛，仿佛在童年时放在我母亲五斗柜上那本纪念册里就已看见过。

“在那个纵火案里，被告是四个犹太人，他们被判定是一伙匪帮；可在我看来是完全缺乏根据的。吃午饭的时候我非常激动，很难过。现在我已经记不清当时我说了些什么了，只记得安娜·阿列克谢耶夫娜直摇头，对她丈夫说：

“‘德米特里，怎么会这样呢？’

“卢加诺维奇心地善良，属于朴直、憨厚的一类人。他坚定地抱住一种见解，认为一个人既然受到审判，那就意味着他是有罪的。谁若对判决的正确性有怀疑，他也只能按照法律程序通过书面形式提出来，绝不能在吃饭的时候在私下交谈中发表出来。

“‘我跟您都没有放火，’他温和地说，‘所以我们就不受审判，不会被送进监狱。’

“夫妻俩都尽量要我多吃一点多喝一点。从某些小事情中，例如，他们俩一块儿煮咖啡，他们只说半句话就能彼此理解，我可以断定，他们生活得很和睦，很美满。他们也很好客，午饭后他们在钢琴上表演了四手联弹，后来天黑了，我就乘车回家了。这是在当年的初春，后来的整个夏天我都在索芬诺度过，没有外出，我甚至都没有工夫想到进城去，可是对这个端庄、美丽的金发女人的记忆却始终留在我的脑际，我并没有去想她，可她却像一个轻幽的影子一直萦绕在我的心中。

“到了秋末，城里有一场为慈善事业而举办的演出。我来到省长的包厢里（我是在幕间休息时被邀请到这里来的），一看，安娜·阿列克谢耶夫娜坐在省长夫人的旁边，于是，她那美丽动人的容貌、和蔼亲切的眼睛对我引起的不可抗拒的、震撼心灵的印象又重现了，当初的那种亲近感又重现了。

“我们并排坐着，然后又到休息厅里散步。

“‘您瘦了，’她说‘您生病了吗？’

“‘是的，我的一边肩膀着凉了，而且下雨天我睡不好觉。’

“‘您的气色不大好。您春天来吃饭的时候要年轻一些，精神也比较好，当时您朝气勃勃，很健谈，也很有趣，而且坦白地说，我甚至都有点被您迷住了。不知为什么，今年夏天我常常想起您。今天我动身来剧院时就觉得我会见到您。'

“她说完笑了笑。

“‘可是您今天气色不大好，’她重复说一遍，‘这就使您显老了。’

“第二天，我在卢加诺维奇家吃早饭，早饭后他们便回自己别墅去安排过冬的事，我也跟他们一起去了，然后又跟他们一起回到城里，午夜时分还在他们宁静的家庭氛围里喝茶，燃起了壁炉，年轻的母亲不断地看看孩子睡着了没有。从此以后，每次进城我都一定要到卢加诺维奇家去。他们对我习惯了，我对他们也习惯了，我进他们家一般都不需要通报，就像自家人一样。

“‘谁在那边？’从远处的房间里传来一个拉长的嗓音，这嗓音我觉得十分悦耳。

“‘是巴维尔·康士坦丁内奇。’仆人或奶妈回答说。

“这时安娜·阿列克谢耶夫娜就满脸关切地出来见我，每次都要问：

“‘您怎么那么长时间不来呢？发生了什么事吗？’

“她的目光，她伸给我的那只优雅而高贵的手，她的家庭便服、发式、嗓音、步态，每每都给我留下一种新的，在我的生活中非同寻常的重要印象。我们交谈了很长时间，也默默地想着各自的心事，要不她就给我弹弹钢琴。如果他们两人都不在的话，我就留下来等着，跟奶妈聊聊天，跟孩子玩一会儿，要不就在书房里那张土耳其式的长沙发上躺下来看看报。安娜·阿列克谢耶夫娜回来的时候，我就到前厅去迎接她，把她买的东西全都接过来。不知为什么，每当我接过这些东西时，心里总是热乎乎的，得意得不得了，就像小孩子一样。

“有一句谚语：婆娘闲着心发慌，买只小猪来喂养。卢加诺维奇家的人也没有什么操心的事，所以就跟我交起朋友来。如果我长时间没有进城，那就意味着我生病了，或者出什么事了。他们俩就会感到非常不安。他们担心我这个受过教育、懂得几国语言的人不去从事科学工作或文学工作，却住在农村里，像个踩着轮子转的松鼠那样，干了许多活，却依旧是身无分文。他们以为我是在受难。如果说我还照常在说说笑笑，照常吃吃喝喝，那也不过是在掩饰自己的苦难罢了。甚至在我感觉极好、心情愉快的时候，我也能感觉到他们那寻根问底的眼神。而当我真的处境困难，遭到债主逼债，或者缺钱应付定期支付时，他们的表现尤其令人感动。夫妻俩在窗口互相耳语后，他就走过来对我严肃认真地说：

“‘巴维尔·康士坦丁内奇，要是您眼前需要钱用的话，我和妻子请求您不要客气，先拿我们的钱去用好了。’

“他激动得涨红了耳朵。以前有一次也是这样，他们俩在窗口耳语之后，他涨红着脸走过来说：

“‘我和妻子恳切请求您收下这份小礼物。’

“于是他送给了我一副袖扣、一个烟盒或一盏灯。为此，我也从乡下派人给他送去猎获的飞禽、奶油和鲜花。顺便说一句，这对夫妻是富有人家。开始时我是经常借钱，且不选择对象，哪儿能借就到哪儿借，但任何力量也无法迫我去向卢加诺维奇家借钱。不过又何必要说这事呢？

“我是个不走运的人，不论在家里、地里或板棚里，我都想念着她，苦苦地力图解开这个年轻、美丽、聪慧的女人的秘密。她嫁给一个枯燥乏味，差不多是老头子的人（她丈夫已年逾四十），并给他生了一个孩子。我也想了解这个枯燥乏味、心地善良、朴直憨厚的人的秘密，他总是说些无聊的大道理，舞场上和晚会上只跟那些道貌岸然的人在一起，没精打采，无所作为，一副恭顺、冷漠的表情，好像他是一件被运到这里来出卖的货物。但是他却相信自己有权成为幸福的人，有权与她结婚生孩子。我还极力想弄明白，为什么她遇上的竟是他，而不是我，在我们的生活中为什么要发生这种可怕的错误呢。

“每一次进城，我都从她的眼睛里看出：她在等待着我。她本人也曾向我承认，打从早晨起，她就有一种特殊的感觉，预感到我就要到来。我们交谈了很久，也静默了很久，但就是没有表白我们彼此的爱情，并且犹豫忐忑地、带着醋意地掩饰这种爱情。我们对一切可能揭穿我们这一秘密的事情都感到害怕。我温柔地、深深地爱着她，但我也思前想后地问自己，万一我们控制不住自己的感情，那么这种爱情会导致什么样的结果呢？我感到不可思议的是，我这种默默地苦恋会突然破坏她丈夫、孩子和他们全家正在过着的幸福生活。而这个家庭却是如此地爱我，如此地信任我。我这样做诚实吗？她若是跟我走，我们到哪里去呢？我能够把她带到哪里去呢？若是现在我过着美好的很有意思的生活，正从事着为祖国解放而斗争之类的事业，或者我是一位著名的学者、一位演员、一位画家，那自然是另一回事。可是现在我只会把她从一个平淡、单调的日常生活带进另一个甚至更为单调无聊的生活环境里去，那我们的幸福又能维持多久呢？万一我病了，死了，或者干脆我们彼此不相爱了，到那时她会怎么样呢？

“看样子，她也有类似的考虑。她考虑自己的丈夫、孩子，考虑那爱女婿如同儿子的母亲。如果她屈从于自己的感情，那么她就必须撒谎或者说出实话，而就她所处的地位来说，无论哪一种都是同样的可怕和不妥。折磨她的还有一个问题，即她的爱能否给我带来幸福，会不会使我本来就很艰难的、充满诸多不幸的生活变得更加复杂呢？她觉得她对于我来说已经不大年轻了，要开始一种新的生活，她也不够勤劳，精力不够充沛了。所以她常对丈夫说，我应该娶一个聪明的般配的姑娘，将来才能成为一个好主妇和好助手。不过她又立即补充说：这样的姑娘恐怕全城也未必能够找到。

“这期间又过了好几年，安娜·阿列克谢耶夫娜已经有两个孩子了，当我来到卢加诺维奇家时，仆人微笑着来迎接我，孩子们则大声喊着巴维尔·康士坦丁内奇叔叔，过来搂住我的脖子，大家都很高兴。他们并不知道我心里有什么感受，都以为我也很高兴。大家都把我看作是高尚的人。无论是大人还是小孩都觉得走进屋来的是一个高尚的人，这就使他们对我的态度特别好，似乎我的到来使他们的生活变得更纯洁更美好了。我和安娜·阿列克谢耶夫娜一起去看戏，每次都是走着去。我们并排坐在池座里，肩擦着肩。我默默地从她手里接过望远镜，这时我就觉得她跟我十分亲近，她就是我的，我们彼此不能分离。然而由于某种奇怪的阴差阳错，每次走出剧院时却又像陌生人一样，彼此告别分手。城里人已经议论纷纷，天晓得他们说些什么，不过他们所说的没有一句是事实。

“最近几年，安娜·阿列克谢耶夫娜开始更常去看她的母亲和姐姐了。她的心情很不好，觉得事事不如意，生活一团糟，因此她既不愿意看见丈夫，也不想看见孩子。她已经在治疗神经衰弱症了。

“我们都沉默着，一直没有说话。当着旁人的面，她总是对我莫名其妙地怒气冲冲，不论我说什么，她都表示不同意；如果我跟别人争论起来，她就站在我的敌对者一边；如果我失手打翻了什么东西，她就会冷冷地说：

“‘给您道喜了。’

“跟她去看戏时，如果我忘记了带望远镜，事后她就会说：

“‘我早就知道您会忘记的。’

“不知道是幸还是不幸，我们生活中的任何事情或早或晚都是要结束的。诀别的时刻到了。由于卢加诺维奇被任命为西部一个省的法院院长，需要把家具、马匹、别墅都卖掉。当我们坐车来到别墅，然后又回来时，大家都不断回首，希望最后一次好好看看那花园，那绿色的屋顶，人人都不免有些伤感。我明白，不得不与之告别的何止是别墅。已经决定，八月底，按照医生们的建议，我们要送安娜·阿列克谢耶夫娜到克里米亚去疗养，稍晚，卢加诺维奇也将带上孩子们到西部那个省去赴任。

“我们一大群人都去为安娜·阿列克谢耶夫娜送行。当她与丈夫和孩子们告别后，在列车第三遍铃声即将响起之前的瞬间，我跑进她的车厢里，为的是要把一个她差一点忘掉的篮子放到行李架上去，而且也要告别一下。就在这里，在车厢里，我们的目光相遇了，我们俩再也克制不住了，我拥抱了她，她把脸紧贴在我的胸前，眼泪潸然而下。我吻了她的脸、肩膀、沾满泪水的双手——啊，我和她是多么的不幸啊！——我向她表白了自己对她的爱，一种揪心的痛苦让我明白过来了：一切妨碍我们相爱的理由是多么无能，多么微不足道，多么自欺欺人。我这才明白了，您若是爱一个人，那么您在谈论这种爱情时，就应当从一个最高的、远比世俗之见的幸与不幸、罪恶与高尚更为重要的原则出发，否则就根本不需要去谈论它。

“我最后一次吻了她，握了她的手，从此我们就诀别了——

永远诀别了。火车已经启动，我坐在相邻的一节车厢里（一个空车厢），痛哭流涕。直到第一站停车之后，我才下车，然后步行回到索芬诺自己的家里……”

阿廖兴在讲这个故事时，雨停了，天空露出了太阳。布尔金和伊万·伊万内奇走到凉台上，从这里可以看到花园和在阳光照耀下像镜子一样正在闪闪发亮的河湾，美丽的风光尽收眼底。他们俩一边在欣赏，同时也在惋惜，这个生着一双善良、聪慧的眼睛，直爽地向他们吐露心曲的人，确实像松鼠踩动小轮似的在这个巨人的田庄上无谓地团团打转，而没有去从事科学或者其他可以让他的生活变得更欢快一些的事情。他们俩还在想：当他在车厢里与她诀别、吻她的脸和肩膀时，那位年轻太太的脸该是多么的悲伤。他们俩都曾在城里碰见过她，布尔金甚至还与她相识，并认为她确实很美。

（1898年）

套中人

打猎误了时的人们就在米罗诺西茨科耶村边普罗科菲村长的杂物房里歇宿了。他们只有两个人：兽医伊万·伊万内奇和中学教师布尔金。伊万·伊万内奇有一个相当奇怪的双姓——奇姆沙-吉马莱斯基，这个姓对他很不合适。全省的人都只叫他的名字和父称。他住在城郊一个养马场里，这次出来打猎，是为了呼吸一点新鲜空气。中学教师布尔金则是每年夏天都要到П伯爵家来做客的，对这个地方他早就很熟悉了。

他们都没有睡。伊万·伊万内奇是一个高高瘦瘦的老头，留着很长的唇髭，在门口脸朝外坐着，叼着烟斗，沐浴着月光。布尔金躺在里面的干草上，隐在黑暗中。

他们在聊天，顺便谈到了村长的老婆玛芙拉。她是一位健康的女人，也不笨，但她一辈子从来没有走出过自己的村子，从来没有见过城市，也没有见过铁路，近十年来总是守着炉灶，只有晚上才到外面走一走。

“这有什么奇怪的呢！”布尔金说，“生性孤独的人就像寄生蟹一样，竭力缩进自己的硬壳里。在这个世界上这种人还不少哩。也许这是一种返祖现象，想重新回到人类祖先那个还不是群居而是各自单独穴居的动物时代，也可能这只是人类各种性格的一种类型吧——谁知道呢？我不是自然科学家，谈论这类问题并不是我的事。我只想说，像玛芙拉这样的人并不是罕见的现象。瞧，无须到远处去找，我们城里就有一个别里科夫，他是希腊语教师，我的一位同事，大约在两个月之前去世了。关于他的事，您当然也听说过。他之所以与众不同，是因为即使在非常好的天气里，外出时他也要穿上套鞋，带上雨伞，而且一定要穿上暖和的棉衣。他的雨伞也装在套子里，表也装在灰色麂皮的套子里。当他拿出小折刀来削铅笔时，这小折刀也是装在小套子里的。他老是把脸躲在竖起的衣领里，因此他的脸也好像是藏在套子里了。他戴一副黑眼镜，穿着绒衣，用棉花塞着耳朵。当他坐上马车时，就立即吩咐把车篷支起来。总而言之，在这个人身上可以看到一种一贯的、不可遏止的愿望：用一层外壳把自己包起来，为自己制作一个所谓的套子，把自己隔离起来，免受外界的影响。现实生活刺激他，使他害怕，他老是处在惶恐不安之中。也许是为自己的这种胆怯，为自己排斥现实世界作辩护吧，他老是赞扬过去，赞扬那从未有过的东西。就是他所教授的那些古代语言，对他来说，实际上也和他的套鞋和雨伞一样，是用以躲避现实生活的。

“‘啊，希腊语多么好听，多么优美！’他带着一种甜蜜蜜的表情说，并且好像要证明自己的话似的，眯起眼睛，伸出一只手指，念出一个词：‘安特罗波斯[①]！’

“别里科夫甚至连思想也极力藏在套子里。对于他来说，只有那些告示和有关禁令的报纸文章才是明白无疑的。当他看到禁止学生晚上九点钟以后上街的告示，或者是禁止性爱的文章时，他就觉得又清楚又明白：禁止就是了。而对于那些得到批准和许可的事情，他却觉得有些可疑的成分，觉得没有说透或模糊不清。每当城里获准成立一个戏剧小组、阅览室，或者茶馆时，他

① 希腊语“人”的俄语拼音。

总是摇摇头，并小声说：

“‘当然，这固然很好，只是千万别闹出什么乱子来啊！’

“任何违反法令、偏离常规、不合规则的事都会使他精神沮丧，虽然这些事看来与他并不相干。如果同事中有谁参加祈祷迟到了，或者听到中学生调皮捣蛋的传闻，再不就是有人看到女子中学的女学监同军官玩得太晚，他都会非常激动，并且不停地说：千万别闹出什么乱子来啊。在各种教务会议上，他那种谨慎、神经过敏和纯粹套子式的意见，简直使我们感到难受。说什么不论是男子中学还是女子中学的青年品行都很坏，在教室里吵吵嚷嚷。唉，千万别让上司知道了！唉，千万别闹出什么乱子来啊！还说什么，如果把二年级的彼得罗夫和四年级的叶戈罗夫开除，那倒很好。后来呢，他用叹息、牢骚及其苍白小脸（您知道吗，那脸就像是黄鼠狼的脸）上的黑眼镜，使我们大家都折服了。我们让步了，扣了彼得罗夫和叶戈罗夫的操行分数，把他们禁闭起来，最后终于把彼得罗夫和叶戈罗夫开除了。他有一种奇怪的习惯，经常到我们的住所来。他每到一个教师家，都是坐着，不说话，好像在观察什么似的。就这样默默地坐上个把小时，然后走掉。他把这称作‘与同事们保持良好的关系’。显然，他到我们这里来坐着，在他也是很难受的。他之所以来看我们，只是因为他觉得对同事有这种义务罢了。教师们都怕他，连校长也怕他。您瞧，也难怪，我们这些教师都是有思想的、极正派的人，受过屠格涅夫和谢德林的培育。但是，这个老是穿着套鞋、带着雨伞的人却把整个中学禁锢了整整十五年！不光禁锢中学，还禁锢了全城。由于怕他知道，我们的太太们连星期日的家庭戏剧晚会也不举行了。他在的时候，牧师们不敢吃荤和玩牌。在别里科夫这种人的影响下，最近十至十五年来，我们城里人变得什么都害怕，不敢大声说话，不敢寄信，不敢与人相识，不敢读书，不敢帮助穷人，不敢教人读书识字……”

伊万·伊万内奇想说点什么，他清了清喉咙，但先点燃了烟斗，看了看月亮，然后才从容不迫地说：

“是啊，有思想、正派，读谢德林和屠格涅夫的作品，还读巴克尔[①]等人的书，可是，他们却屈服、容忍这种事……问题就在这里。”

“别里科夫和我住在同一所房子里。”布尔金接着说，“在同一层楼上，门对着门。我们常见面，我知道他家里的生活。在家里他也是那一套：睡衣、睡帽、护窗板、门闩，一系列清规戒律，还有：唉，千万别闹出什么乱子来啊！素食有害，吃荤又不行，因为人家也许会说，别里科夫不坚持斋戒，于是他就吃奶油煎的鲈鱼，这既不是素食，但也不能说是荤菜。他不雇女佣，因为他怕别人对他有坏的想法，所以他雇了一个六十岁上下、神志不清、性情乖张的老头子阿法纳西做他的厨子。此人以前当过勤务兵，好歹能做点饭菜。阿法纳西总是双手交叉在胸前，站在门口，长叹一声，悄悄地重复着一句话：

“‘时下他们这样的人多得很哩！’

“别里科夫的卧室很小，就像一个箱子，床铺挂着蚊帐。他一上床就把头蒙上，又热又闷，风抽打着关闭着的门，炉子发出嗡嗡声，从厨房里传来叹息声，不祥的叹息声……

“他躺在被窝里心里很害怕。他害怕会出什么乱子，害怕阿法纳西把他宰了，害怕小偷溜进来，然后整夜做噩梦。早晨，我们一同到学校去的时候，他无精打采，脸色苍白。看得出来，他害怕他所去的那个有很多人的学校，非常厌恶。跟我走在一起，

---

① 巴克尔（1821—1862），英国历史学家，社会学地理学派的代表人物。

对他这个性情孤僻的人来说，也很难受。

“‘我们的班级里学生闹得很，’他说，好像是在尽力寻找说明他难受的理由似的，‘真不像话。’

“就是这个希腊语教师，这个套中人，您猜怎么着，还差点儿结了婚。”

伊万·伊万内奇很快地扫了一眼什物房，说：

“您在开玩笑！”

“真的，尽管您觉得很奇怪，但他的确差点儿结了婚。我们这里来了一位新的史地教师，名叫米哈依尔·萨维奇·柯瓦连科，是乌克兰人，他不是一个人来，而是带着他的姐姐瓦莲卡一起来的。他年纪很轻，高个子，皮肤黝黑，一双手很大，从脸上就可以看出他是男低音。果然，他的嗓音像从大桶里发出来的：‘嘭，嘭，嘭！’……而她呢，可不算年轻了，大概有三十岁了，不过她个子很高，身材匀称，黑黑的眉毛，两颊红润，总之，她已不是一位姑娘，而是一块水果软糖，伶俐活泼，爱说爱笑，老是哼着小俄罗斯的浪漫歌曲，并且高声大笑，动不动就‘哈哈哈！’笑起来。我记得，我们同柯瓦连科姐弟的初次相识是在校长命名日的宴会上。在那些拘谨的，甚至把赴命名日宴会也看作是尽义务的、紧张而又乏味的人中间，我们突然看见一位新的阿芙洛狄忒①从泡沫里复活了：她双手叉腰地走着，又笑又唱，跳起舞来……她动情地唱着《风儿在吹》，然后又唱浪漫歌曲，接着又唱一支。她使我们所有的人，甚至连别里科夫，都迷住了。别里科夫靠近她坐下，甜蜜地笑着说：

“‘小俄罗斯语言柔美，响亮动听，使人想起古希腊语。’

“这些话使她感到很愉快，于是她便热情而恳切地对他讲起

① 希腊神话中爱与美的女神，她在海水的泡沫里诞生。

她们加嘉奇县有个庄子，她妈妈就住在这个庄子里。庄子里有多么好的梨，多么好的香瓜，多么好的卡巴克！乌克兰人把南瓜称为卡巴克，把酒馆称作什诺克。他们称红甜菜和茄子煮的红甜菜汤‘很好吃，很好吃，简直好吃极了！’

“我们听着，听着，忽然，大家都想到一块儿了。

“‘让他们结成夫妻该多好啊。’校长夫人小声地对我说。

“不知何故，我们大家都想起来了：我们的别里科夫还没有结婚。这时我也感到奇怪，他生活里的这件大事，我们以前怎么竟会没有注意，一直忽略了呢？他对女人一般会持什么态度呢？他又将如何解决这一迫切问题呢？以前我们全然没有关心这件事，也许连想也没有想过，这个不论什么天气都穿着套鞋、放下帐子睡觉的人也会恋爱。

“‘他早已过了四十岁，而她也三十了……’校长夫人说明自己的想法，‘我觉得，她肯嫁给他。’

“在我们省里，由于烦闷无聊，什么事没做出来呀，有过多少不必要的蠢事啊！这是因为，必要的事大家根本不做。瞧，就拿这个别里科夫来说吧，既然大家甚至不能想象他可以结婚，我们又何必突然要去撮合他们的婚事呢？校长夫人、副校长夫人以及我们中学的所有的太太们都活跃起来了，甚至比以前变得好看多了，好像突然间发现了自己的生活目标似的。校长夫人在戏院里租了一个包厢。我们一看，坐在包厢里的原来是瓦莲卡，她摇着那么一把小扇子，容光焕发，满面笑容。坐在她旁边的是别里科夫，矮小、驼背，就像人家用钳子把他从家里夹出来的。我在家里办了一个小小的晚会，而太太们却要求我一定要邀请别里科夫和瓦莲卡参加。总之，机器开动起来了。看来，瓦莲卡并不反对出嫁，她在弟弟家里过得并不十分快活，他们整天都是又吵又骂的。您看看下面一个场面吧：柯瓦连科在大街上走着，他是一个又高又壮的大个子，穿一件绣花汗衫，帽子下面露出一绺长发耷拉在额门上，一只手提着一捆书，另一只手拿着一根带节疤的粗木棍。姐姐跟在他后面，也拿着书。

“‘你啊，米哈伊里克[①]，这本书你绝对没有读过！’她大声争辩道，‘我跟你说，我敢发誓，这本书你根本没有读过！’

“‘我跟你说我读过！’柯瓦连科大声喊道，用木棍在人行道上敲得很响。

“‘唉，我的天呀，明契克！[②]你干吗要发火？要知道，我们谈的是带原则性的问题。’

“‘我跟你说我读过！’柯瓦连科喊得更响了。

“在家里，有旁人在的时候，他们也是这样大吵大嚷。大概这种生活使她厌烦了，因此想有一个自己的窝，而且也不能不考虑自己的年龄了。她现在已经没有时间再挑挑拣拣，嫁给谁都行！哪怕是那位希腊语教师也可以。原因是很明白的：对我们大多数的小姐来说，不管是嫁给谁，只要能嫁出去就行。不管怎么样，瓦莲卡对我们的别里科夫开始表示明显的好感了。

“而别里科夫呢？他也常到柯瓦连科家去串门了，就像常到我们这里来一样。进了他家就默默地坐着，一声不响。而瓦莲卡就给他唱《风儿在吹》，或者用她那双黑眼睛若有所思地瞧着他，或者是放声大笑起来：

“‘哈哈哈！’

“在恋爱的事情上，特别是在婚姻上，劝导往往能起很大的作用。不论是同事们和太太们，大家都劝说别里科夫应当结婚，

① 米哈伊里克，是米哈依尔的爱称。

② 米哈里克、明契克，也是米哈依尔的爱称。

对他来说，生活中除了结婚已没有别的缺憾了。我们全都向他道喜，用严肃的面孔向他说了各种俗套话，比方，婚姻是人生重要的一步等；何况，瓦莲卡长得不错，挺招人喜欢，她是五等文官的女儿，有田庄，更主要的是，她是第一个亲热而诚心地待他的女人。于是他有点飘飘然，拿定主意，真要结婚了。”

“那么，这时他的套鞋和雨伞就该收起来了。”伊万·伊万内奇说。

“您想象一下吧，这是不可能的。他虽然把瓦莲卡的照片摆在了桌子上，而且常到我这里来谈论瓦莲卡，谈家庭生活，谈婚姻是人生重要的一步，也常到柯瓦连科家去，但是他的生活方式却一点儿也没有变，甚至相反，结婚的决定好像使他染上了某种疾病似的，他变得更瘦了，脸色更苍白了，好像更深地躲进自己的套子里去了。

“‘我喜欢瓦尔瓦拉·萨维什娜，’他对我说，带一种微微的苦笑，‘我也知道，人人都要结婚，可是……您知道吗，这一切来得有点突然……需要好好想一想。’

“‘这有什么好想的呢？’我对他说，‘结了婚，就完事了。’

“‘不，婚姻是终身大事，首先得估量一下面临的义务和责任……以后可不要闹出什么乱子来才好。这一点使我十分不安，如今我整夜都睡不着。说老实话，我害怕，她和她的弟弟有一种奇怪的思维方式。知道吗，他们议论起事情来有点奇怪。她性格又很活泼，结婚以后恐怕难免会闹出点什么麻烦来。’

“于是他没有求婚，一拖再拖，弄得校长夫人和我们所有的太太们非常懊丧。他老是在琢磨将来的义务和责任，同时他又差不多每天都同瓦莲卡出去散步。也许他认为，在这样的处境下他应该这样做。他常到我这里来，是为了谈谈家庭生活。如果不是突然闹出一场大笑话[1]的话，他后来可能就结婚了，从而也就做成一桩不必要的、愚蠢的婚事了。在我们这里，由于烦闷无聊和无所事事，像这样结婚的有成千上万的例子。应该说一下，瓦莲卡的弟弟柯瓦连科从认识别里科夫的第一天起就恨他，受不了他。

“‘我不明白，’他耸耸肩膀对我们说，‘我不明白，你们怎么能够容忍这样的告密者，这样卑鄙的家伙。哎呀，先生们，你们怎么能在这儿生活啊！你们这里的空气要让人窒息，坏透了！你们难道是教育家，是教师吗？你们是官僚。你们这里不是学府，而是警察局，并且散发出一股警察岗亭里的酸臭味。不，诸位老兄，我在你们这儿再住一阵，就要回到我们庄子里去了，在那里我可以捞捞鱼虾，教教乌克兰的小孩子。我是要走的，而你们却要同你们的犹大留在这里。叫他倒霉去吧。’

“要不他就哈哈大笑，笑得流眼泪。他时而用男低音，时而又用尖细的声音，摊开双手问我：

“‘他干吗要上我这儿来坐着？他想干什么呢？坐着，两眼发直。’

“他甚至给别里科夫起了一个外号，叫‘蜘蛛’。当然，我们没有对他说他姐姐瓦莲卡打算跟‘蜘蛛’结婚的事。有一次，校长夫人暗示他说，要是他的姐姐跟别里科夫这么一个可靠的、受大家尊敬的人结婚，倒是一件好事。这时他皱起眉头说：

“‘这不关我的事。哪怕她跟毒蛇结婚也行。我不喜欢干涉别人的事。’

“现在您听一听后来的事情吧。有一个捣蛋鬼画了一张漫画，画中的别里科夫穿着套鞋、卷起裤腿、打着雨伞，正在走

① 原文为德语。

路。瓦莲卡挽着他的胳膊。下面的题名是：‘热恋中的人’。您明白吗，表情画得妙极了！想必画家不止画了一夜，因为所有男中和女中的教师们、宗教学校的教师们和官员们都接到了一份。别里科夫也接到了一份。这幅漫画让他非常难受。

“这天正好是五月一日，星期天，我们一起从家里出来。我们全体教师和学员事先约好在学校里集合，然后一起步行到城外的小树林里去。我们都来了，他却愁眉苦脸，脸色比乌云还要阴暗。

“‘竟有如此恶劣、歹毒的人！’他小声说道，嘴唇都颤抖了。

“我甚至同情他了。我们走着。忽然，您能想象到吗，柯瓦连科骑着自行车过来了，瓦莲卡也骑着自行车跟在他的后面。她满脸通红，瘦了许多，可是却开心，快活。”

“‘我们先到前面去了！’她大声喊道，‘看，天气多好啊！多好啊，简直好极了！’

“他们俩一会儿就消失了。我们的别里科夫则从愁眉苦脸变成脸色苍白，好像是僵住了。他站住，望着我——

“‘对不起，这是怎么一回事？’他问道，‘也许是我看错了？难道中学教师和女人骑自行车还成体统吗？’

“‘这有什么不成体统的？’我说，‘就让他们随便骑好了。’

“‘这怎么可以呢？’他叫喊起来，看见我满不在乎的样子，他很惊讶，‘你在说什么啊？！’

“他大为震惊，于是不想再往前走，回家去了。

“第二天，他老是神经质地搓手，打哆嗦，从他的脸上可以看出，他身体欠佳。还没上完课他就走了，这是他平生第一次这样做，也没有吃午饭。尽管外面已完全是夏天天气，傍晚时他还是穿得很多，慢慢地往柯瓦连科家里去。瓦莲卡不在家，他只见到了她的弟弟。

“‘您就请坐吧。’柯瓦连科皱着眉头冷冷地说。他的脸上睡意未散，午饭后他刚休息一会儿，心情很不好。

“别里科夫默默地坐了十分钟左右才开始说：

“‘我到这里来，是为了减轻我内心的痛苦，我心里非常非常难受。有个卑鄙的人画了一张漫画，把我和另一个与我们俩都很亲近的女人画成可笑的样子。我认为我有责任让您相信，我与此事毫无关系……我没有做任何可以为这种讥讽做口实的事情，相反，我任何时候的行为举止都是一个完全正派的人。’

“柯瓦连科噘着嘴坐着，一言不发。别里科夫等了一会儿，接着又用忧郁的声调小声地说：

“‘我还有一点事要对您说。我已经从教多年了，而您刚刚开始工作，作为一个老同事，我认为有责任对您提出忠告。您骑自行车，这种游戏对一个青年教育者来说，是很不体面的。’

“‘为什么呢？’柯瓦连科用男低音问道。

“‘这难道还要解释吗？米哈依尔·萨维奇，难道您不明白吗？如果教师骑自行车，那么学生会干出什么事来呢？他们就只有用头顶着地走路了！既然当局没有通令允许这样做，那就是不行。昨天我大吃一惊！当我看见您姐姐时，我眼前都发黑了。女人或姑娘骑自行车，这太可怕了！’

“‘说实在的，您到底想干什么呢？’

“‘我只想做一件事，就是警告您，米哈依尔·萨维奇。您是青年人，前途远大，您要十分谨慎小心才成，而您却如此马虎大意。哎呀，如此马虎大意。您穿绣花汗衫，经常在大街上提着书走来走去。而现在又骑自行车。您和您的姐姐骑自行车的事会

让校长知道的，然后又会传到督学的耳朵里……这会有什么好结果吗？’

“‘我和我姐姐骑自行车，这不干任何人的事！’柯瓦连科说，涨红了脸，‘谁要是干涉我的家事，我就叫他妈的滚蛋！’

“别里科夫脸色煞白，站了起来。

“‘要是您用这样的口气跟我说话，那我们就谈不下去了。’他说，‘我要求您永远不要在我面前这样地谈论上司，您应该尊敬当局才对。’

“‘难道我对当局说了什么坏话吗？’柯瓦连科问道，生气地看着他，‘请您不要打搅我。我是个正直的人，我不想跟您这样的先生谈话，我不喜欢告密者。’

“别里科夫神经质地慌乱起来，急忙穿上大衣，脸上显出害怕的表情。要知道，他有生以来头一回听到如此不礼貌的话。

“‘您要说什么，随便吧，’他一面说，一面走出前堂，来到楼梯台阶上，‘我只是预先声明一下，说不定有人偷听了我们的谈话。为了避免我们的谈话被曲解和闹出什么乱子来，我应该把我们谈话的内容……基本要点，向校长先生报告一下。我必须这样做。’

“‘报告？去吧，去报告吧！’

“柯瓦连科从后面一把抓住他的衣领，猛地一推，别里科夫就顺着楼梯滚下去了，他的套鞋啪啪地响。楼梯高而且陡，不过他滚到下面却平安无事。他站起来，摸摸鼻子，看眼镜碰碎没有。可是，正当他从楼梯上滚下来时，恰巧瓦莲卡回来了，还带了两位太太，她们站在下面瞧着他——这对别里科夫来说比什么都可怕。看来，哪怕是摔断了脖子和两条腿，也比成为取笑的对象要好些，因为，这下全城的人都会知道这件事，并将传到校长的耳朵里，传到督学的耳朵里。哎哟，千万别闹出什么乱子来！人家又会来一幅漫画，其结果就会命令他辞职……

“当他站起来时，瓦莲卡才认出是他。她瞧着他那可笑的脸，揉皱的外衣和套鞋，不明白是怎么一回事，还以为是他自己意外摔下来的，便忍不住哈哈大笑起来，笑得整所房子都听得见：

“‘哈哈哈！’

“这响亮的有节奏的‘哈哈’笑声把一切都结束了：做媒求亲的事结束了，别里科夫的人间生活也结束了。他没有听见瓦莲卡说了什么，也没有看见什么。他回到家里，首先是把桌上放着的瓦莲卡的照片拿掉了，然后便躺下来，从此就再也没有起来。

“大约过了三天，阿法纳西来找我，问我要不要派人去请医生，因为，据说他主人有点毛病。我便去看别里科夫。他躺在帐子里，盖着被子，不言语：不管你问什么，他都回答‘是’或者‘不是’，别的什么也不说。他躺着，阿法纳西则在他旁边走来走去，满脸忧郁，愁眉不展，深深地叹气，身上散发出一种像酒馆里的烈酒气味。

“过了一个月，别里科夫死了。我们大家都去给他送葬，两个中学和一个宗教学校的人都去了。如今他躺在棺材里，表情温顺、愉快，甚至高兴，好像他在庆幸自己终于被装进了套子里，永远也不用再从套子里出来了。是啊，他实现了自己的理想！天公好像也在对他表示敬意，他出殡的时候，天色变得阴暗，下起雨来了。我们全都穿着套鞋打着雨伞。瓦莲卡也参加了葬礼。当棺材放进墓穴时，她哭了几声。我发现，乌克兰女人总是不是哭就是笑，中间的心情她们是没有的。

“说实在话，埋葬别里科夫这种人是一件大快人心的事，但是我们谁也不愿意流露出这种快活感。我们从墓地回来时，大家的表情是谦逊而忧郁的。那种快活感就像我们许久以前做孩子的时候，当大人不在家，到花园里去跑一两个钟头，享受充分自由的那种感觉。哎呀，自由啊，自由！甚至哪怕只是一种暗示，一种可能得到自由的微弱的希望，人的灵魂就会长出翅膀来。不是这样吗?

“我们从墓地回来后，心情很好。可是还没有过去一个星期，生活又和原先一样了：严峻、厌倦、乱七八糟。这样的生活虽然没有明令禁止，可也没有得到充分的许可啊。情况并没有好转。事实上，人们虽然埋葬了别里科夫，可是还有多少这样的套中人活着，将来又还会有多少这样的人呢！”

“问题就在这里。”伊万·伊万内奇说，又点燃了烟斗。

“将来还会有多少这样的人呢！”布尔金又说了一遍。

这个中学教师从什物房里走出来。他是一个敦实的矮胖子，头全秃了，黑胡子几乎齐腰长。有两条狗也跟着他跑了出来。

“月亮，月亮真好！”他抬起头说。

已经是午夜了。从右边可以看到整个村子。长长的街道延伸得很远，有五俄里长。一切都进入了恬静的深深的睡眠状态，没有一点动静，没有一丝声音，甚至让人不敢相信大自然竟会如此寂静。你在月夜看见宽阔的村街及其农舍、草垛和熟睡的柳树，心里就会变得宁静。在这个躲开了劳动、操心和悲伤而被夜色包藏起来的静寂里，村街显得那么温和、忧郁、美丽，似乎星星在亲热地、动情地瞧着它，似乎大地上已没有了恶，一切都非常美好。左边，村子的尽头，便是田野。这里可以看到很远的地方，直到天边。在这一大片洒满月光的田野上，同样是没有一点动静，没有一点声音。

“问题就在这里。”伊万·伊万内奇又说一遍，“我们住在城里，又闷气又拥挤；我们写一些无用的文章、玩纸牌——这岂不也是套子吗？我们在懒汉、爱打官司的人和愚昧的浪荡女人中度过一生，自己说也听别人说各种废话——这岂不也是套子吗？喂，您如果愿意听，我就给您讲一个很有教益的故事。”

“不，现在到该睡觉的时候了，”布尔金说，“明天再讲吧。”

他们俩都走进什物房，在干草上躺下来。他们俩盖上被子，刚要入睡，却忽然听见轻轻的脚步声：吧嗒、吧嗒……离什物房不远有人在走动，走了不远又停了下来。过了一分钟，又吧嗒、吧嗒响起来……狗叫起来了。

“这是玛芙拉在走动。”布尔金说。

脚步声停止了。

“你看着听着人家撒谎，”伊万·伊万内奇翻了个身说，“人家就会因为你容忍这种虚伪而说您是傻瓜。你忍受人家的欺负和侮辱，不敢公开宣布你站在正直和自由的人一边，而且你自己也撒谎，还堆出笑容。这一切无非就是为了混口饭吃，得到一个温暖的窝，谋到一个一文不值的官职罢了！不，不能再这样生活下去了！”

“得了，您离题太远了，伊万·伊万内奇，”布尔金说，“我们睡觉吧！”

十分钟以后，布尔金就睡着了。伊万·伊万内奇却翻来覆去，并且直叹气。后来他便起来，走出去，在门边坐下，点上了烟斗。

（1898年）

醋栗

打从大清早起，整个天空就雨云密布。没有风，虽然不热，却闷气。大凡在灰色阴暗的日子里，田野上空早已乌云遮天，眼看快要下雨却又没有下的时候，往往就是这种天气。兽医伊万·伊万内奇和中学教师布尔金已经走累了。他们觉得，这田野好像没有尽头似的。前面很远的地方，米罗诺西茨科耶村的风车隐约可见，右边是连绵不断的丘岗，一直延伸到村庄后面很远的地方才消失。他们两人都知道，这边是河岸，那边是草地、绿色的柳树和庄园。如果站在一个丘岗上，就可以看见同样辽阔的田野、电讯设施和一列像正在爬行的毛毛虫似的火车，而在晴朗的天气下甚至看得见城市。今天是一个无风的天气，整个大自然都显得那么温和，好像是在沉思。伊万·伊万内奇和布尔金对这片田野都满腔热爱，两人都在想：这个地方是多么辽阔，多么美丽啊！

“上一次我们在村长普罗科菲的什物房里过夜的时候，”布尔金说，“您曾打算讲一个故事来着。”

“是的，我当时想讲一讲我弟弟的事。”

伊万·伊万内奇深深地叹了一口气，并点上了烟斗，就要开始讲故事。可是这时却下起雨来了。五分钟以后，雨下得非常大，不停地下，而且不知道雨什么时候才能停下来。伊万·伊万内奇和布尔金站着，思考起来。淋湿了的狗也夹着尾巴站在那里，带着温顺的神情望着他们。

“我们需要找个地方避避雨，”布尔金说，“到阿廖欣家去吧，离这里很近。”

“那我们走吧。”

他们向一边拐过去，沿着已收割完的田野走去，时而照直走，时而往右走，后来上了大道。很快便出现了白杨、花园，后来又看见了谷仓的红房顶。河水闪着亮光，顿时眼界开阔了，面前是一片宽阔的水面，有一个磨坊和白色的水滨浴场。这就是阿廖欣居住的索菲诺村。

磨坊在工作，它的声音盖过了雨声。水坝在震颤。大车旁边站着几匹湿淋淋的马，它们都耷拉着脑袋。人们披着麻袋走来走去。这里潮湿、肮脏、不舒服，水面是冰凉、不祥的。伊万·伊万内奇和布尔金已感到全身潮湿，不干净，很不舒服，脚也因沾了污泥而变得沉重了。他们穿过水坝，爬到上面，往地主的谷仓走去时，都没有说话，好像彼此在生气似的。

其中一个谷仓里簸谷机轰隆作响，门开着，从里面冒出阵阵灰尘。阿廖欣本人就站在门口，他是一个四十岁上下的男子，又高又胖，留着很长的头发，看上去与其说像地主，不如说像一位教授或艺术家。他穿一件白色的，但很久没有洗过的衬衫，腰上系根绳子，没穿长裤，靴子上也沾满了污泥和麦秸，鼻子和眼睛都被灰尘染得挺黑。他认出了伊万·伊万内奇和布尔金，显得很高兴。

“先生们，请进屋里，”他微笑着说，“我马上就来，一会儿。”

这是一座两层楼的大房子。阿廖欣住在一楼的两个房间里，那里有拱顶和小窗子，原来是管家们住的。屋里摆设简单，充满黑麦面包、廉价白酒和马具的气味。楼上的正房他很少去，只有当客人来了他才去一趟。伊万·伊万内奇和布尔金走进房间时，迎接他们的是一个女佣人，年轻的女人，非常漂亮，以至于两人都顿时站住了，相互看了一会儿。

“你们不能想象我看见你们有多么高兴，两位先生，”阿廖欣说，跟在他们后面走进了前堂，“真是没有想到！佩拉格娅，”他对女佣人说，“去拿衣服来给客人换一换吧，顺便我也要换一换。只是我先得去洗个澡，我大概从春天以来就没有洗过澡了。先生们，你们也愿意到浴场去吗？这里他们也可以暂时打点一下。”

漂亮的佩拉格娅是那么娇弱，样子又是那么温和。她给他们拿来了床单和肥皂，阿廖欣就陪着客人到浴场去了。

“是的，我很久没有洗澡了。”他边说边脱衣服，“你们看，我的浴场很好，还是我父亲建造起来的。可是不知为什么我总是没有工夫来洗澡。”

他在台阶上坐下来，用肥皂洗他的长头发和脖子。他周围的水顿时变成了深棕色。

“是的，我认为也是……”伊万·伊万内奇意味深长地瞧着他的脑袋说。

“我很久没有洗澡了。”阿廖欣不好意思地又说了一遍，再用肥皂洗起来，他周围的水又变成了深蓝色，像墨水一样。

伊万·伊万内奇走过去，扑通一声跳进水里。他冒雨游了起来，张开胳膊划水。他游水腾起了波浪。白色的百合则在水浪上摇来摆去。他一直游到水域的中央，作了一次潜泳，过了一分钟在另一个地方钻了出来。他接着再往远处游去，并且老是潜水，极力想抵达河底。“哎呀，我的上帝啊！……”他重复地说，游得很痛快，“哎呀，我的上帝！”他游到磨坊那边去，同农民谈了话，再游回来，平躺在水面的中央，仰面迎着雨点。布尔金和阿廖欣都已穿好了衣服，准备走了，他却仍在游泳，潜水。

“哎呀，我的上帝！”他说，“哎呀，求上帝怜恤！”

“你也游够了！”布尔金对他说。

他们回到了屋里。楼上大客厅的灯光亮了起来，布尔金和伊万·伊万内奇穿着丝绸长袍和暖和的拖鞋在圈椅上坐下来。而洗了脸、梳好头的阿廖欣本人则穿着新上衣在客厅里走来走去，看来，他正在愉快地享受着温暖、干净以及穿干燥衣服和轻便拖鞋的感觉。漂亮的佩拉格娅温柔地在地毯上走着，不发出一点声音，用托盘端来了带果酱的茶。只是在这时，伊万·伊万内奇才开口讲他的故事，而且仿佛不仅是布尔金和阿廖欣在听，那些藏在金边镜框里安详而又严厉地瞧着他们的老老少少的太太们和军官们似乎也在听。

“我们是兄弟俩，”他开始说，“一个是我伊万·伊万内奇，另一个是我的弟弟尼古拉·伊万内奇，他比我小两岁。我进专业学校，当了兽医，而尼古拉从十九岁起就在税务局里工作。我父亲奇姆沙·吉马莱斯基曾经是一个少年兵，后来提升为军官，给我们留下了世族的贵族身份和小小的田产。他死了之后，这份小小的田产便抵了债。但是，不管怎么样，我们的童年在农村中还是过得自由自在的。我们完全跟农民的孩子们一样，白天晚上都是在田野上、森林里度过的，看守马匹、剥树皮、捕鱼等等。你们知道，一个人一生中哪怕捕过一次鲈鱼，或者在秋天看过一次鸫鸟南飞，看到它们在晴朗而凉爽的日子里怎样成群地在村里上空飞过，那他就已经不是城里人了，他就一直到死都会向往自由的生活，我弟弟在税务局里就老念着乡下。一年一年过去了，他还是坐在同一个位子上，老在抄写那些文件，并且老是想着一件事：怎样才能回到乡下去。他的这种思念渐渐地成为一个明确的愿望，梦想着在靠河或近湖的地方为自己买下一个小小的庄园。

“他是一个善良、温和的人，我喜欢他，但他那种想把自己关在一个小庄园里过一辈子的愿望，我却从来没有同情过。俗话说，一个人只需要三俄尺土地。但是须知，三俄尺土地是埋尸体的地方，而不是活人所需要的。现在也还有人说，若是我们的知识分子贪恋土地，希望有个庄园，这是好事。但是，要知道，这种庄园也就是三俄尺土地。离开城市，离开斗争，离开生活的喧嚣，逃出来，躲进自己的庄园里——这不是生活。这是利己主义、偷懒，这是一种僧侣主义，而且是毫无建树的僧侣主义。一个人需要的不是三俄尺土地，也不是一个庄园，而是整个地球，整个大自然。在那广阔的天地中，人能够发挥他自由精神的所有品质和特点。

“我的弟弟尼古拉坐在自己的办公室里，梦想着将来怎样喝自己家里的菜汤，这菜汤又怎样在全院子里发出清香的气味，怎样在绿色草地上吃饭，怎样在太阳底下睡觉，怎样在大门口凳子上一坐就是几个钟头，眺望田野和森林。农业书籍和日历上所有农艺方面的建议都成了他的欢乐，成了他心爱的精神食粮。他喜欢看报，但只看报纸上有关的广告，例如，说某地方有若干田产，连同草场、庄园、小溪、花园、磨坊和活水池塘等一并出售。他的脑子里就描绘出了花园小径、花卉、水果、椋鸟巢、池塘里的鲫鱼等，你们知道吗，全都是诸如此类的东西。这些想象的图景是根据他所看到的广告的不同而变化。不过，不知何故，他所描绘的每一张图景里都必定有醋栗。他无法想象，哪一个庄园，哪一个富有诗意的安乐窝里会没有醋栗。

“‘乡村生活有其舒适的地方，’他常说，‘在阳台上坐一坐，喝杯茶，池塘里有自己的小鸭子在泅水，四处清香，而

且……醋栗成熟了。'

“他经常绘制庄园的草图。而每一张草图都照样有那几件东西：一、主人的正房；二、仆人的下房；三、菜园；四、醋栗树。他生活很节俭，省吃少喝，天知道他穿的是什么衣服，简直像个乞丐。他不断地攒钱，存在银行里，贪婪得可怕。我看见他就心痛，常给他一点钱，逢节日也给他寄点钱，可是他连这点钱也要收藏起来。一个人如果打定了主意，你对他就毫无办法了。

“几年过去了。他调到别的省去工作。他也已经年过四十了，可他仍旧看报纸上的广告、攒钱。后来听说他结婚了，他结婚的目的也仍然是为了要买一个有醋栗树的庄园。于是他就同一个又老又丑的寡妇结了婚，其实他对她没有一点感情，只因为她有几个臭钱罢了。他跟她结婚后，生活上仍然非常吝啬，老是弄得她吃不饱。他把她的钱存在银行里，写上自己的名字。以前她嫁给邮政局长时，跟前夫吃惯了馅饼，喝惯了果子露酒。可是跟第二个丈夫一起过日子，却连黑面包也吃不饱。过这样的生活，她变得憔悴了，于是不出三年就一命呜呼了。当然，我的弟弟从来也没想过他对她的死负有责任。金钱像白酒一样，可以把人变成怪物。我们城里从前有过一个病危的商人，临死前他叫人给他端来一碟子蜂蜜，他把他所有的钱和彩票就着蜂蜜全吞进肚子里去，让谁也得不着。有一回我在火车站检查牲口时，正好有一个马贩子摔在火车头底下，轧断了一条腿。我们把他抬到候车室里，他流了很多血，非常危险，但他却老要求大家把那条断腿找回来，老是心神不安，原来在他那条断腿的靴子里放有二十卢布，他生怕那钱丢了。”

“您这已经离题了。”布尔金说。

“妻子死后，”伊万·伊万内奇沉思了半分钟后接着说，

“我弟弟就开始为自己物色田产了。当然，尽管他已经物色了五年，但到头来仍然出了差错，买下来的全然不是自己所梦想的东西。我弟弟尼古拉通过中间人买了一个抵押过的庄园，有一百二十亩土地，有主人的正房，有仆人用的下房，有花园，可是却唯独没有果园，没有醋栗树，没有池塘和小鸭子。虽然有河，可是河水的颜色像咖啡一样，因为田产的这一边是个制砖厂，而另一边是烧兽骨的工场。不过我的尼古拉·伊万内奇倒也不大难过，他去定购了二十棵醋栗树，栽下去，并照地主的排场过起日子来了。

“我去年去探望过他，我想去看看他那里的情况怎么样。在信里我弟弟称他的庄园是‘楚姆巴罗克洛夫荒地’，又称‘吉马莱斯科耶’。我是在下午到达那里的。天气很热，到处是沟渠、围墙、篱笆和栽成一行行的杉树，让人不知道怎样进入院子，把马拴在什么地方。走到房子跟前，来迎接我的竟是一条红毛狗，它肥得像头猪，想吠一声，却又懒得吠。厨娘从厨房里走出来，她光着脚，很胖，也像一头猪。她说，我兄弟午饭后正在休息。我走进弟弟屋里，他在床上坐着，膝上盖着被子。他变老了，显胖了，皮肉松弛，他的脸颊、鼻子和嘴唇，全都向前伸展着，看上去，就像猪一样哼哼着躺在被子里。

“我们互相拥抱，抽泣了几声，既是因为高兴，也是因为一种悲凉的心绪：想到我们当年都还年轻，而现在两人都已白发苍苍，快要入土了。他穿上衣服带我去看他的庄园。

“‘喂，你在这里过得好吗？’我问道。

“‘还好，多谢上帝，我过得很好。’

“他已不是往昔那个怯懦的、可怜巴巴的文官，而是地道的地主老爷了。他已经在这里住习惯了，而且津津乐道。他吃得很多，到浴池去洗澡，长胖了。他已经同村社及工厂打过官司。农民若不称呼他‘老爷’，他就要见怪。他还按照老爷气派郑重其事地关心起自己的灵魂来了。即便他做点好事也不是那么简简单单的，而是摆足了架子。然而那又是什么样的好事啊！他拿苏打和蓖麻籽给农民去包治百病。到他命名日那天，便在村子里做一回谢恩祈祷，然后抬出半桶白酒给农民喝。他自认为就该这么办。咳，那可怕的半桶白酒！今天这位胖地主拉着农民到地方行政长官那里去控告他们放出牲口践踏了他的庄稼；而明天遇上隆重的节日，却给农民摆上半桶酒，他们边喝边喊‘乌拉！’喝醉了的就给他叩头。生活只要变好一点，吃得饱、喝得足，闲着不做事，就会在俄罗斯人身上生发出一种最厚颜无耻的自负心理。尼古拉·伊万内奇当初在税务局里时甚至害怕有自己的意见，而现在，说起话来句句是真理，而且总是用大臣的口气说：‘教育是必要的，不过呢，对于老百姓来说，还未免言之过早’。‘体罚总的来说是有害的，但是在某种场合下，它却是有益的，不可代替的’。

“‘我了解老百姓，我会对付他们，’他说，‘老百姓喜欢我。我只要动一动手指头，老百姓就会把我想办的事统统办好。’

“请你们注意，他所有这些话都是带着聪明而慈善的微笑说出来的。他把‘我们这些贵族’，‘我作为贵族’反复地说了二十多遍，显然，他已经不记得我们的祖父是农民，父亲是兵了。就连我们的姓奇姆沙·吉马莱斯基，实际上是个不合情理的姓，他现在也觉得响亮、高贵、十分惬意了。

“不过，问题不在于他，而在于我自己。我想跟你们讲一讲我在庄园里逗留的短短几个小时，我自己起了什么变化。傍晚，我们喝茶的时候，厨娘端来满满一盘醋栗放在桌上。这不是买的，而是自家栽种的醋栗。自从栽下那些果树之后，这还是头一回收果子呢。尼古拉·伊万内奇笑起来，默默地对那些醋栗看了一分钟，热泪盈眶，激动得说不出话来。然后他拿起一个醋栗放进嘴里，看看我，像小孩子终于得到他心爱的玩具那样，得意扬扬地说：‘多么好吃啊！’

“他贪婪地吃起来，不断地重复说：

“‘啊，多么好吃啊！你尝一尝吧！’

“醋栗又硬又酸。但是，诚如普希金所说：‘我们喜爱高尚的谎话，胜过喜爱许许多多的真理。’①我看见了一个幸福的人，他那朝思暮想的梦想显然已经实现，他已经达到了生活的目标，获得了他所想要的东西，他对自己的命运满意了，对自己也满意了。不知为什么，以前我想到人的幸福时，总不免夹杂着一种哀伤的感觉，而现在我亲眼看见了幸福的人，则有一种近似绝望的沉重的感觉控制着我。夜间这感觉尤为沉重。他们在我弟弟卧室的隔壁给我支了一张床，我听见弟弟没有睡，他老是爬下床来，走到盛着醋栗的盘子跟前，去拿醋栗吃。我在想，实际上有多少满足而幸福的人啊！这是一种多么令人沮丧的势力啊！你们就看看这种生活吧：强者骄横而不干事，弱者则无知而且像牲口一样生活，四处都已穷得不能再穷了，拥挤、退化、酗酒、伪善、撒谎……然而在所有的房子里也好，街上也好，到处是平平静静，心平气和的，城里的五万居民中，竟没有一个人叫喊一声，大声地发泄一下愤懑。我们看到人们到市场上买食品，白天吃饭，晚上睡觉，说废话、结婚、衰老、镇静自若地送死人进坟墓。但是，对那些受苦的人们，对生活中幕后正在发生的种种可怕的事情，我们却看不见，听不到。一切都安静、太平，提出抗议的只有那些无声的统计表：有多少人发了疯，有多少桶白酒被喝光

① 见普希金的《英雄》一诗。

了，有多少儿童死于营养不良……这样的制度显然是不需要的。幸福的人之所以会自我感觉良好，显然只是因为那些不幸的人沉默地背着他们的重担。如果没有这种沉默，他们的幸福就是不可能的。这是普遍的麻木不仁，需要在每一个幸福而满足的人的房门背后站上一个拿锤子的人，用锤子经常敲敲门，提醒他：世上还有不幸的人，不论他怎么幸福，生活迟早还会向他露出爪子，灾难迟早还会降临：疾病、贫穷、损失。到那时谁也不会看见他，听见他，就像他现在看不见、听不见别人一样。可是，并没有拿锤子的人，幸福的人照样自由自在地生活着。日常的一些小事使他们稍稍有些激动，就像微风吹拂着白杨一样——一切都平安无事。

“这个晚上我才明白，我也是幸福满足的。”伊万·伊万内奇站起来，继续说，“我也在吃饭和打猎的时候教育过别人，说应该怎样生活，怎样信仰宗教，怎样控制老百姓。我也说过，学问是光明，教育是必要的，可是对普通人来说，目前只要能认字、写字，也就够了。我说过，自由是好东西，不能没有它，就像不能没有空气一样，不过需要等待。是的，我常说这样的话，而现在我却要问：为什么要等待？”伊万·伊万内奇问道，生气地看着布尔金：“我问你们，为什么要等待？出于什么考虑？人们对我说，什么事都不是一下子能办到的，生活中各种思想都要逐渐地实现，水到渠成才行。可是这话是谁说的呢？有什么证据能证明这话是对的呢？你们引证事物的自然规律，引证各种现象的法则，可是，我，一个活生生的有思想的人，站在一条沟壕面前，本来也许可以从上面跳过去，或者在上面架桥过去，却偏要等它自己合拢或让淤泥填满才过去，在这里是否也有规律和法则呢？再说一遍，为什么要等待？要等到人没有力量生活时才算完吗？然而，人却需要生活，渴望生活啊！

“那天我打大清早就离开了弟弟家。从此以后我在城里住就感到无法忍受，城里的安静和太平使我感到压抑。我害怕看人家的窗户，因为现在再没有比幸福的一家人围坐在桌子周围喝茶的场面更使我难受的了。我已经老了，不会以斗争自豪了，我甚至也不憎恨人了。我只能在心里感到悲伤、生气、烦恼。每天晚上，各种思想纷至沓来，弄得我脑袋发热，夜不成寐……唉！要是我还年轻就好了！”

伊万·伊万内奇激动地从房间的这个角落走到另一个角落，并重复说：

“要是我还年轻就好了！”

他突然走到阿廖欣跟前，先是握住他一只手，后来又握住他另一只手。

“帕维尔·康斯坦丁内奇！”他用一种恳求的语气说，“不要感到满足，不要让自己昏睡！趁您现在年轻力壮、精神饱满，要不倦地做好事！幸福是没有的，也不应该有。如果生活有意义有目标的话，那么这意义和目标绝不是我们的幸福，而是比这更伟大更有理智的东西。做好事吧！”

所有这些话，伊万·伊万内奇都是带着可怜的恳求的微笑说的，好像是为自己在求别人做什么事似的。

然后三个人在客厅不同角落里放着的三张圈椅里坐下来，没有说话。伊万·伊万内奇的故事既没有使布尔金，也没有使阿廖欣感到满足。那些藏在金边镜框里看着他们的将军们和太太们在昏暗的光线中显得像是活人，他们听着关于可怜的吃醋栗的文官的故事，感到乏味。不知什么缘故，他们很希望说一说或听一听优雅的人和妇女的故事。他们现在所在的客厅里的一切东西——

蒙着套子的枝形烛架、圈椅、脚底下的地毯——都说明，镜框里低下眼睛看着他们的那些人从前也在这里走动过、坐过、喝过茶，而现在漂亮的佩拉格娅也在这里正无声地走来走去。这一切要比任何故事都美好得多。

阿廖欣困得要命。他打大清早两点多钟就起来料理庄园事务，现在他的眼皮都要黏在一起了，可是他又怕在他走了以后客人们还要讲什么有趣的故事，因此他没有走。伊万·伊万内奇刚才讲的那些话聪明不聪明、有道理没有道理，他没有去深究。客人们没有谈及麦粒、干草，没有谈及煤焦油，所谈的都是与他的生活没有直接关系的事情，因此他感到高兴，并希望他们继续谈下去……

“可是，现在该睡觉了，”布尔金说，并站起来，“请允许我跟你们道晚安。”

阿廖欣道别后，回到楼下自己的房间里，客人们仍旧留在楼上。他们俩被领到一个很大的房间里，里面放着两张旧的雕花木床，墙角上有一个刻着耶稣受难像的象牙十字架。那两张宽大、凉快的床上，由佩拉格娅铺上了被褥。新换的床单散发出一种好闻的气味。

伊万·伊万内奇默默地脱下衣服，躺下。

“主啊，宽恕我们这些罪人吧！”他说完，便拉被子把头蒙上。

他那放在桌子上的烟斗，冒出一股浓烈的烟草的焦味。布尔金则久久不能入睡，他感到纳闷，哪里来的这股浓重的烟味呢。

雨点整夜抽打着窗户。

（1898年）

宝贝儿

奥莲卡[1]是退休八品文官普列米扬尼科夫的女儿，她坐在院子里的门廊上想事情。苍蝇纠缠不休地叮着人，十分令人讨厌。不过令人高兴的是，天很快就要黑了。一堆黑色的云雨正从东方飘移过来，并吹来一股潮湿的空气。

库金，一个剧院的班主、“季沃里”游乐场的老板（他就住在这个院子的一个厢房里）正站在院子的中央，望着天空。

“又要！”他懊丧地说，“又要下雨了！天天下雨，天天下雨，好像是故意跟我作对！这是要我上吊，这是要我破产！每天都要赔上一笔可怕的钱！”

他双手一拍，继续对奥莲卡说：

“您瞧，奥丽加·谢苗诺夫娜，这就是我们所过的日子。我真要大哭一场！尽管你不停地工作，尽心尽力，夜不能寐，总想把工作干得更好一些，可结果又怎么样呢？首先，观众是没有礼貌的野蛮人，我想给他们一些优秀的小歌剧、幻梦剧、最好的演唱家，但是，他们难道需要这些吗？他们难道看得懂吗？他们需要粗俗的表演！给他们一些鄙俗的东西就行了。其次，您就看看这天气吧，几乎是天天晚上下雨，从五月九日开始下，后来就连续不停地下了整整一个五月和六月，简直可怕！观众一个也不

① 奥莲卡是奥丽加的爱称。

来，可是戏院的租金我还不得照样付？演员的工资不也得照样发吗？”

第二天傍晚，乌云又逼近了。库金歇斯底里地哈哈大笑说：

“那又怎么样呢？要下就下呗！就把整个花园灌满水吧，把我也淹死吧！让我这辈子和下辈子都倒霉吧！让演员们把我送交法庭吧！法庭算得了什么？干脆把我发配到西伯利亚做苦役去好了！干脆送我上断头台好了！哈哈哈！”

到第三天还是一样……

奥莲卡默默地认真地听着库金的话，有时热泪盈眶。终于，库金的不幸感动了她，她爱上他了。他又小又瘦，脸色蜡黄，鬓发向两边分开，用尖细的男高音说话，一说话就撇嘴。他总是灰心失望的样子，但他还是引起了她对他的真正的深厚的感情。她老得爱一个人，不这样她就不行。以前她爱她的爸爸，现在他有病，在一个黑暗的房间里坐在圈椅上，呼吸困难。她爱过自己的姑妈，她姑妈常常是隔两年从布良斯克来一回。再早一点，她在上初中的时候，曾爱过自己的法语教师。她是一个娴静的、心地善良的、富有怜悯心的小姐，目光温顺而柔和，身体很健康。她那胖胖的玫瑰色的脸蛋儿，她那长有一颗黑痣的柔软而又白净的脖子，她那一听到什么开心事就在脸上绽开的善良而又天真的笑容，男人要是看见了，就会想道：“是的，真不错……”并且也会微笑起来。那些做客的太太们呢，则情不自禁地常常在谈话中间忽然拉住她的手，满心高兴地说：

“宝贝儿！”

她从出生之日起就一直住在城边茨冈区这所房子里。它离“季沃里”游乐场不远，而且她父亲在遗嘱里已把这房子登记在她的名下。每到傍晚和夜里，她就听见游乐场里的奏乐，爆竹噼啪响，她觉得这是库金在跟自己的命运作战，而进攻他的主要敌人是冷漠的观众。她的心甜蜜地屏息了，因此她无法入睡。当早晨他回到家里时，她就轻轻地敲敲自己卧室的窗户，透过窗帘只对他现出她的脸和一个肩膀，温柔地微笑着……

他向她求婚，他们便结婚了。等他好好地看清了她的脖子和丰满健康的肩膀，便双手一拍，说道：

“宝贝儿！”

他是幸福的，可是他结婚那天和后来整个晚上都下雨，灰心失望的表情一直没有从他的脸上消失。

婚后他们生活过得很好。她管卖票，照料游乐场的日常事务，记账，发工资。她那玫瑰色的脸蛋儿，她那可爱、天真、灿烂的笑容，时而在票房的小窗口里，时而在后台，时而在小卖部里闪现。她还常常对自己的熟人说，世界上最出色、最重要、最必需的东西——就是戏院，而且只有在戏院里才能得到真正的快乐，才会变得有教养和有人道精神。

“但是他们懂得这些吗？”她说，“他们只要看粗俗的表演！昨天我们上演了改编过的《浮士德》，几乎全部包厢都空着；要是万尼奇卡和我给他们上演一出庸俗的戏，那您就相信好了，剧院准会挤得满满的。明天万尼奇卡和我将上演《俄尔浦斯在地狱》，您就来看吧。”

关于剧院和演员，库金说什么，她都重复一遍。她也和库金一样，瞧不起观众，因为观众对艺术冷漠、无知。彩排的事她也干预，去纠正演员的动作，监视乐师们的行为。遇到地方报纸对剧院有不满意的评论时，她就哭鼻子，然后到编辑部去解释。

演员们喜欢她，称她为“万尼奇卡和我”，或“宝贝儿”。她同情演员，有时借点钱给他们。要是她偶尔受了骗，她也不告诉她丈夫，而是自己偷偷地哭一会儿。

冬天他们的日子也过得很好。他们把本地剧院整个冬天都租了下来，然后短期出让给小俄罗斯剧团，或者出让给魔术师，或者出让给本地的业余爱好者演出。奥莲卡长胖了，她心满意足，满面红光；而库金则瘦了，黄了，他抱怨亏蚀太多，尽管整个冬天的生意并不坏。天天晚上他都咳嗽。她就用马林果和菩提树花煮水给他喝，用香水给他擦身，拿柔软的披巾把他裹起来。

“你多么让我心疼！”她十分诚恳地说，一面抚平他的头发，“你真是我心爱的人！”

在复活节前的大斋期，他到莫斯科去请剧团。没有他她就睡不着觉，老坐在窗口望着星星。这时她就把自己比作母鸡，当公鸡不在窝时，母鸡也是整夜睡不着觉，心神不定。库金在莫斯科要耽搁一段时间，写信说，要到复活节才能回来。信里还交代了“季沃里”的几件事。可是在受难节的前一个星期，忽然深夜响起了不祥的敲门声。有人使劲敲门，就像捶一个大桶似的——嘭嘭嘭！没有睡醒的厨娘光着脚踏着水泥地，跑去开门。

“劳驾，开门！”有人在门后用暗哑的男低音说，“有你们的电报！”

奥莲卡过去也接到过丈夫的电报，现在她不知为什么，愣住了。她用发颤的手拆开电报，读到如下的内容：

伊万·彼得罗维奇今天突然去世。星期二究应何何安葬请吉示。

“何何安葬”——电报里就是这么写的。还有一个更不能懂的“吉”字。下面是歌剧团导演的签字。

“我的亲人呀！”奥莲卡放声痛哭起来，“万尼奇卡，我亲爱的！为什么我以前会与你相遇？为什么我要认识你并爱上你啊？你把你可怜的奥莲卡，可怜的、不幸的人丢给谁啊？……”

星期二，库金被安葬在莫斯科瓦冈科沃墓地。星期三，奥莲卡回到家，刚踏进自己的房间，就趴在床上大哭起来，声音大得连邻院都听得见。

“宝贝儿啊！”邻居们在胸前画着十字说，“亲爱的奥丽加·谢苗诺夫娜该多么难过！”

三个月后的一天，奥莲卡做完弥撒回家，还在服丧期间，她十分悲伤。正好有一个她的邻居瓦西里·安德烈伊奇·普斯托瓦洛夫也从教堂回家，与她并排走着。他是商人，巴巴卡耶夫木材场的经理，戴一顶草帽，穿着带有金链子的白色坎肩。他的样子像是地主，而不像商人。

“一切事情都是上帝安排好了的，奥丽加·谢苗诺夫娜，”他带一种同情的语调庄重地说，“如果我们的亲人死了，那也是上帝的意愿。在这种情况下我们应该想开一点，多忍受一点才对。”

他把她送到围墙门口，向她道了别就往前走了。这之后，她整天都听见他庄重的声音，闭上眼睛，就仿佛看见他的黑胡子。她很喜欢他。看来，她给他也留下了印象，因为不久后就有一位她不大熟的上了年纪的太太到她家里来喝咖啡。这位太太刚在桌边坐下，就立即谈起普斯托瓦洛夫来，说他是一个很好的、可靠的人，并且说，所有到了结婚年龄的姑娘都愿意嫁给他。过了三天，普斯托瓦洛夫本人也亲自上门拜访来了。他坐的时间不长，不过十分钟，而且说话也很少，但奥莲卡已经爱上他了，而且爱得那么深，整宿都没有睡着，浑身发热，像得了热病似的。第二天，她就派人去请那位上了年纪的太太。很快就商定了婚事，随后便举行了婚礼。

普斯托瓦洛夫与奥莲卡结婚后，生活过得很好。通常，他在木材厂里上班，直到吃午饭，然后出去办事。这时奥莲卡就代替他坐在办公室里，记账，卖货，直到傍晚。

“如今木材年年都涨价，每年涨百分之二十。”她对顾客和熟人说，“请主宽恕我们吧，过去我们卖的是本地木材，如今呢，瓦西奇卡[1]每年都得到莫吉廖夫省去办木材了，要多少运费啊！”她说，显出害怕的样子，用双手捂住了脸，“要多少运费啊！”

她觉得，她好像已经做了很久很久的木材生意了，生活中最重要、最不可少的就是木材，什么长方木、原木、薄木板、薄木包板、板条、毛板……这些词在她听来都有一种亲切的、动人的东西。每天晚上她睡觉的时候，都梦见堆积如山的木板和薄木板，梦见一长串看不到尽头的大车载着木材运到城外很远的什么地方去。她还梦见一大批高十二俄尺、宽五俄寸的原木竖着移到木材场去，打起架来了，于是原木、长方木、毛板彼此碰撞着，发出干木材的沉闷的声音，全都倒了下去，然后又都竖了起来，相互重叠起来。奥莲卡在梦中叫起来，普斯托瓦洛夫便温存地对她说：

“奥莲卡，你怎么啦，亲爱的？在胸前画个十字吧。”

丈夫有什么思想，她也就有什么思想。如果丈夫认为房间里热，或者认为现在生意变得清淡了，那么她也是这样认为。她丈夫不喜欢任何娱乐，节日都待在家里，她也同样待在家里。

“你们总是待在家里或办公室里，”熟人对她说，“宝贝

[1] 瓦西奇卡是瓦西里的爱称。

儿，你们应该去看戏，或者去看看马戏。”

“我和瓦西奇卡没有工夫去剧院，”她庄重地回答说，“我们是要工作的人，顾不上这些琐事，看戏有啥好处呢？”

每星期六普斯托瓦洛夫和她都去做彻夜祈祷，节日便去做晨祷。他们双双从教堂出来回家时，总是带着深受感动的面容，从他们俩身上发出一股好闻的气味，她那绸子的连衣裙也发出愉快的沙沙声。在家里，他们喝茶，吃奶油面包和各种果酱，然后吃馅饼。每天中午，在院子里，在大门外的街上都可以闻到红菜汤、烧羊肉，或烤鸭的香甜气味。在斋戒日就有鱼的气味，谁经过他们家门口，都不能不犯馋。在办公室里则总是茶炊滚沸，他们招待顾客们喝茶，吃小面包圈。夫妇每星期去澡堂一次，两人肩并肩回来的时候，脸色绯红。

“没有什么，我们过得很好，”奥莲卡对熟人说，“感谢上帝，但愿所有的人都过得像瓦西奇卡一样好。”

每当普斯托瓦洛夫到莫吉廖夫省去买木材时，她就感到寂寞，非常想他，彻夜不眠、哭泣。斯米尔宁，一个部队的兽医，年轻人，就寄住在她家的厢房里。有时晚上来看她，跟她聊天、打牌，给她消愁解闷。特别有趣的是，他谈到了自己的家庭生活：他已经结婚，有一个儿子，可是他跟妻子分手了，因为她背叛了他，现在他还恨她，他每月给她寄四十卢布作为儿子的赡养费。奥莲卡听到这些，就叹气摇头，替他难过。

“好吧，让上帝保佑您，”跟他告别时她对他说，并拿着蜡烛送他下楼梯，“谢谢您来给我解闷。愿上帝赐给您健康，圣母……”

她总是学着丈夫的样子，表现得十分庄重，十分谨慎。兽医已经走到楼下门外，她还喊住他说：

“要知道，弗拉基米尔·普拉托内奇，您应该跟您的妻子言归于好，哪怕是为了儿子，您也要原谅她！……不要怕，小家伙一切都会明白的。”

普斯托瓦洛夫回来后，她就小声地把兽医和他不幸的家庭生活告诉他。他们两人都叹气、摇头，并谈论那小孩，说他一定想他的父亲了。后来，由于发生了某种奇怪的思想流向，两人都到圣像面前去磕头，祈求上帝赐给他们孩子。

普斯托瓦洛夫夫妇就这样恩恩爱爱，十分和谐、平静、和睦地过了六年。可是，您瞧，一年冬天，瓦西里·安德烈伊奇在木材场喝了热茶，没戴帽子就出去卖木材，得了感冒，病倒了。给他请了最好的医生治疗，可是病没有治好，过了四个月他就死了。于是奥莲卡又成了寡妇。

“我亲爱的人，你把我丢给谁啊？”丈夫安葬后，她号啕痛哭道，“没有你，我这个苦命的、不幸的女人现在怎么活下去啊？善良的人们，可怜可怜我这个孤苦伶仃的人吧……”

她穿着黑色衣服，缀上丧章，决定永远不戴帽子和手套。她深居简出，只是有时到教堂或丈夫的坟墓上去。她像修女一样待在家里。直到过了六个月以后，她才拿下白丧章，打开护窗板。有时可以看见她早晨跟自己的厨娘一块儿到集市上去买食品。不过现在她在家里如何生活，她家里有什么事，就只能靠猜测了。比方有猜测说，常看见她在自己花园里跟兽医一起喝茶，他给她大声朗读报纸上的新闻；又说她在邮局碰见一个熟识的太太，她对那位太太说：

“我们城里缺乏兽医的正确监督，因此有许多病流行。常常听人说，人们是由于喝牛奶得病的，从马和牛那里传染来的病。实质上，对家畜的健康应像对人的健康一样重视才对。”

她重述了兽医的思想。而且现在对一切事情的见解，她都跟他一样了。显然，要是不依恋一个人，她就连一年也活不下去；她在她家的厢房里找到了新的幸福。要是别人这样做，准会受到指责，不过对于奥莲卡，则谁也不会往坏里想，她生活里的一切大家都十分理解。他们两人关系中所起的变化，她和兽医都没对任何人讲，他们都极力隐瞒着。不过他们没有成功，因为奥莲卡无法保守秘密。每当他家里来了客人（他部队里的同事），她都要去给他们斟茶，或是招待他们吃晚饭，并谈起牛瘟、家畜的结核病，以及城里的屠宰场等。而他呢，弄得非常尴尬。当客人走了之后，他就抓住她的手，生气地小声说：

“我已经求过你不要谈那些你不懂的事！我们兽医之间谈话时，请你不要插嘴。这真没趣！”

她诧异而又吃惊地望着他，问道：

“沃洛季奇卡，那我说什么呢？”

她含着眼泪搂住他，求他不要生气。

于是两人又感到很幸福。

可是这种幸福持续的时间并不长，兽医便跟随部队离开了她，永远离开了，因为部队调到了很远的地方，也许是西伯利亚吧。于是奥莲卡又成了孤单一人了。

现在她已经完全孤独了。父亲已经去世，他的圈椅被扔在了阁楼里，缺少一条腿，满是灰尘。她瘦了，也变丑了，街上碰到的人也不再像从前那样瞧着她，不再对她微笑了。显然，美好的年华已经过去，今非昔比了。现在开始了一种新的生活，一种她不知道的生活。关于这种生活，最好还是不要去想。每天晚上，奥莲卡坐在台阶上，听得见“季沃里”的乐队奏乐，鞭炮噼啪响。不过这已不能引起她的任何思想了。她冷漠地看着自己的空院子，什么事情也不想，什么东西也不要，等黑夜到来，就上床睡觉，梦见的是自己的空院子。吃饭、喝茶也像是出于不得已似的。

最糟糕的是，她现在什么主见也没有了。她看得见周围的东西，也知道周围发生的一切，可就是对什么都不能形成自己的见解，也不知道说什么好，没有任何见解。这是多么可怕啊！比方，你看见一个瓶子放着，看见天在下雨，看见一个庄稼汉坐着马车过去，可是你就说不出那瓶子、那雨和那个庄稼汉为什么存在，它们有什么意义，甚至给你十个卢布，你也什么都说不出来。当初库金或普斯托瓦洛夫在的时候，和后来兽医在的时候，奥莲卡对一切事情都能解释，对随便什么事都能说出自己的见解，可如今她的脑子里和心里却空空如也，就像她那个空院子一样。生活变得如此可怕，如此痛苦，就像吃苦药一样。

城市慢慢地从四面八方扩展开来，原来的茨冈郊区现在已称为大街了，原来的“季沃里”游乐场和木材场也变成了一座座房子，组成了一条条胡同。时间过得真快啊！奥莲卡的房子变黑了，房顶生锈了，板棚也倾斜了，整个院子长满了杂草和带刺的荨麻。奥莲卡自己也老了，变丑了。夏天，她坐在门廊里，心里跟从前一样，空虚而又寂寞，有一种苦药的滋味。冬天，她坐在窗口，望着雪。春天来了，或者风儿送来教堂的钟声，往事会突然涌上心头，她的心甜蜜地紧缩起来，眼睛里满是泪水。不过这种情况也不过是一瞬间，过后心里又是一片空虚，自己也不知道为什么要活着。小黑猫克雷斯卡向她表示亲热，柔声地咪咪叫着。可是猫的这种温存并不能使奥莲卡感动。难道她要的是这个吗？她要的是能抓住她的整个身心、整个灵魂和理智的爱，能给她思想，能给她生活方向，能温暖她渐渐衰老的心的爱。她把黑猫克雷斯卡从裙子上抖落下来，懊丧地对它说：

“走开，走开！……别待在这儿！”

就这样，一天又一天，一年又一年，没有一点快乐，没有一点主见，厨娘玛芙拉说什么她都不反对。

炎热的七月的一天，临近傍晚，城里的牲口群刚从街上赶过去，院子里满天灰尘，像云雾一般。突然有人敲围墙的门，奥莲卡亲自去开门，一看马上愣住了：门外站着的是兽医斯米尔宁，他已头发斑白，一身便服。她突然想起了一切，情不自禁地哭了起来，把头偎在他的胸口，一个字也说不出来。由于太激动，她竟没有注意他们后来是怎样走进房间里，怎样坐下来喝茶的。

“我的亲人！”她小声地说，高兴得全身发抖，“弗拉基米尔·普拉托内奇！上帝把你从哪里带来的呢？”

“我要在这里长期住下去了，”他说，“我一退休，就到这里来，打算试一试运气，自己谋生，过安定的生活。况且我的儿子也要上学了，他长大了。您知道吗？我已经和妻子和好了。”

“她在哪儿呢？”奥莲卡问道。

“她和儿子在旅店里，我这是出来找住处的。”

“主啊，我的老天爷，你们就住我的房子好了！这里不能住吗？主啊，我一个钱也不会收你们的，”奥莲卡急了，又哭起来，“你们住在这里，我搬到厢房去就行啦。我很高兴，主啊！”

第二天就把房顶油漆了，墙也刷白了。奥莲卡两手叉着腰，在院子里走来走去，发号施令。她的脸又露出了昔日的笑容，她整个人又复活了，精神了，就像睡了很久，刚刚清醒过来一样。兽医的妻子来了，她是一个瘦瘦的、不漂亮的女人，留着短头发，带一种任性的表情。孩子萨沙也跟她来了，小男孩胖胖的，有一双明亮的蓝眼睛，两腮有两个酒窝，他个子很小，小得跟他的年龄不相称（他已经十岁了）。小男孩一走进院子，就去追赶小猫，立即响起了他那欢快的高兴的笑声。

“婶婶，这是您的猫吗？”他向奥莲卡问道，“等您的猫下了崽，请您送给我们一只吧，妈妈很怕耗子。”

奥莲卡跟他聊天，给他喝茶。她心里突然感到热乎乎的，甜蜜地收紧，仿佛这个小男孩就是她的亲生儿子。每当晚上，他坐在饭厅里复习功课时，她就带着柔情和怜悯瞧着他，低声地说：

“我的小宝贝，漂亮的小伙子……我的小乖乖，你多么聪明，多么白净。”

“‘海岛者，’他念道，‘是一块陆地，周围皆水也。’”

“海岛者，是一块陆地……”她跟着念。经过多年的沉默和思想空虚后，这是她第一次坚定地说出自己的意见。

她如今又有自己的见解了。吃晚饭的时候，她与萨沙的父母谈话时说，现在孩子们在中学学习有困难，不过传统教育还是比实科教育好，因为中学毕业后路子很宽，可以当医生，也可以当工程师。

萨沙开始上中学。他母亲则去哈尔科夫她妹妹家了，并且再没有回来。父亲每天都出去给牲口看病，常常是一连三天不住在家里。奥莲卡觉得，萨沙完全没人照管，成为家里的多余人了，他会饿死的。于是她把孩子迁移到自己的厢房里。在那里安排了一个小房间。

萨沙已经在她的厢房里住了半年。每天早晨她都到他房间里去。他睡得很熟，手放在脸颊下面，屏住呼吸。她还不忍心叫醒他。

“萨什卡！”她难过地说，“起来，亲爱的，该上学了。”

他起床，穿衣服，祈祷完后，坐下来喝早茶。他喝三杯茶，吃了两个大面包圈和半个法式奶油面包。他还没有完全从睡梦中清醒过来，所以情绪不好。

“萨什卡，你还没有完全学会那个寓言呢，”奥莲卡说，看着他，好像要送他出远门似的，“你真让我操心。你该努力，亲爱的，学习……要听老师的话。”

“哎呀，就请您别管啦！”萨沙说。

后来他顺着大街上学去了。他人这么小，却戴一顶大帽子，背着一个书包。奥莲卡不声不响地跟在他后面走。

“萨什卡！”她喊道。

他回过头来，她便往他手里塞一个枣子或一块夹心糖。当他们拐弯进入他学校所在的那条胡同时，他就变得有点不好意思了，因为在他后面还跟着一位又高又胖的女人，他便回过头来说：

“婶婶，您回家去吧，现在我自己能走到了。”

她停下来，目不转睛地看着他的背影，直到他消失在校门口为止。哎呀，她多么爱他！她过去的几次依恋还没有一次有这么深，她的母性感情越烧越旺了，以前她从来没有像现在这么忘我地、无私地和愉快地交出自己的心灵。为了这个别人家的孩子，为了这个两颊有酒窝、头上戴便帽的孩子，她可以献出自己的整个生命，而且会愉快地带着温柔的眼泪献出来。为什么呢？谁知道是为什么呢？

送萨沙上学后，她便静静地回家，心满意足、安宁，充满了爱。近半年来她的脸变得年轻了，常常露出微笑，容光焕发。碰到她的人看着她，都能感受到愉快，并对她说：

“您好，宝贝儿，奥丽加·谢苗诺夫娜！您生活得怎么样，宝贝儿？”

“如今，中学的学习可难啦，”她在集市上对人说，“昨天一年级的作业是背诵寓言，翻译一篇拉丁文，加一道习题。这可不是开玩笑的……咳，小孩子这怎么受得了？”

她开始谈及老师、功课和课本。这些都是萨沙讲过的话。

两点多钟他们一起吃饭，晚上一起温习功课，一起笑。她安排他上床睡觉，许久地画十字，小声地祈祷，然后自己才上床睡觉，幻想着遥远而朦胧的将来，那时萨沙在学校毕了业，成了一名医生或工程师，有了自己的大房子，有许多马和马车，结了婚，生了孩子……她睡着了，却还是想着这些。她的眼泪从闭着的眼睛里顺着脸颊流下来。小黑猫躺在她身边，叫着：

“咪……咪……咪……”

忽然，围墙门响起了重重的敲门声，奥莲卡被惊醒了，害怕得喘不过气来，心跳得很厉害。半分钟后，敲门声又响了。

“这是从哈尔科夫来的电报，”她在想，顿时全身发抖，“萨沙的母亲要叫他回哈尔科夫去了……唉，主啊！”

她陷入了绝望。她的头、手、脚全凉了，像是全世界再没有比她更不幸的人了。可是又过了一分钟，传来了说话声：原来是兽医从俱乐部回家来了。

“啊，谢天谢地。”她想道。

心里的一块石头慢慢地落下来，又变得轻松了。她躺下又想着萨沙。他在隔壁房间里睡得很熟，偶尔说起梦话来：

“我揍你！滚蛋！别打人！”

（1899年）

新娘

一

已经是晚上十点钟了，花园里明月高照。在舒敏的家里，祖母玛尔法·米哈依洛夫娜嘱咐的彻夜祈祷的事刚刚做完，娜佳便到花园里溜达。这时她看见大厅里正在摆放各种小吃，祖母穿着华美的绸子衣服在忙来忙去。大教堂的大祭司安德烈神甫跟娜佳的母亲尼娜·伊万诺夫娜在谈什么事。不知什么缘故，透过窗户，母亲在晚上的灯光照耀下显得非常年轻。安德烈神甫的儿子安德烈·安德烈伊奇站在旁边，留心地听着。

花园里恬静、凉快，地下有许多静默的黑影。很远很远的什么地方，大概是城外，传来青蛙的叫声。可以感觉到五月的气息了，可爱的五月！人们深深地呼吸着，热切地想着：不是在这里，而是在天底下的什么地方，在树木的上空，在城外很远的地方，在田野上，在森林里，这种春天的生活正在展开，神秘、美丽、丰富、神圣。这是软弱、有罪的人所不能理解的。但不知为什么，人们却想哭一场。

她，娜佳，已经二十三岁了。从十六岁起，她就强烈地希望出嫁。现在她终于做了安德烈·安德烈伊奇的未婚妻。他正站在窗户那边，她喜欢他，婚礼已定在七月七日。然而她却并不高兴，快活不起来……厨房在地下室，从敞开的窗户可以听见人们在忙碌着，刀声当当响，滑动门砰砰响，闻得到烤火鸡和醋渍樱桃的香味。不知为什么，她觉得一生都会是这个样子，没有变化，没有尽头！

瞧，有一个人正从房里出来，站在门廊上。这是亚历山大·季莫菲伊奇，或者干脆叫他萨沙，他是十天前从莫斯科来的客人（祖母的一个远亲，贵族出身的穷寡妇玛丽娅·彼得罗夫娜，她又瘦又小又有病，很久以前就常到她家来请求周济，她的儿子就是这位萨沙）。不知为什么，大家都说他是一位出色的画家。他母亲死后，祖母为了能使自己的灵魂超升，就把他送到莫斯科康米萨罗夫斯基学校去读书。过了两年又转入一个绘画学校，在那里待了差不多十五年，才勉强在建筑系毕业，但他还是没有做建筑学的工作，而是在莫斯科一个石印厂做事。他几乎每年夏天都要到祖母这里来，他老是病得很厉害。他是来休息和疗养的。

他现在穿着带扣子的常礼服和一条穿旧了的帆布裤子，裤脚管下面磨破了。他的衬衫也没熨过，整个人显出没有精神的样子。他，人很瘦，一双眼睛却很大，手指又长又瘦，留着一把胡子，黑黑的脸，却也还算漂亮。在舒敏家他很习惯，如同亲人一样，住在他的家里也就像住在自己家里。他所住的那个房间，早已被称为“萨沙的房间”了。

他站在门廊上，看见了娜佳，就走到她跟前去。

“你们这里真好。”他说。

“当然很好。您应该在这里住到秋天。”

“是的，只好这样。也许我要在你们家住到九月份呢。”

他无端地笑起来，在她的身旁坐下。

“我站在这里，看着我妈妈，”娜佳说，“从这里看过去，她显得多么年轻！我妈妈当然也有弱点，”她沉默了一会儿，补充说，“不过她毕竟是不一般的女人。”

“是的，是很好的女人……”萨沙同意地说，“您的妈妈，就她本人来说，当然是一个善良的可爱的女人，不过……怎么跟您说呢？我今天很早就到你们的厨房里去，那里却有四个女仆就睡在地板上，没有床，用破烂代替被褥，臭烘烘的，还有臭虫、蟑螂……还是跟二十年前一样，一点变化也没有。奶奶呢，愿上帝保佑她，她毕竟是奶奶；不过要知道，您母亲恐怕就不一样了，她会说法语，还参加演出，想必她好像是明白的吧。”

萨沙说话时，总要把两个又长又瘦的手指伸到听话人的面前去。

“不知为什么，这里的一切我都觉得有点怪异，看不惯。”他接着说，“鬼才知道为什么，所有的人都不做事，您妈妈整天逛来逛去，像个公爵夫人，你祖母也是什么事也不做，您也一样。您的未婚夫安德烈·安德烈伊奇也是什么事情都不做。”

这些话娜佳在去年就听过了，好像前年也听过。她知道，萨沙除此之外不会说别的。过去这些话只使她发笑，可现在，不知为什么，她变得厌烦了。

“这些都是老生常谈，早就令人厌烦了。”她说，站了起来，“您应该想出一点什么新鲜的东西来说说。”

他笑笑，也站起来。两个人一起朝正房走去。她，高高的个儿，很漂亮，身材匀称。现在她同他走在一起，显得非常健康，服装也非常好看。她感觉到了这一点，于是觉得他有点可怜，而且不知为什么，有点不好意思起来。

“您说了许多无用的话，”她说，“瞧，您刚才谈到我的安德烈，可是您对他并不了解呀。”

“我的安德烈……去他的您的安德烈吧！我正在替您的青春感到惋惜呢。”

他们走进饭厅时，大家已经坐下来吃饭了。奶奶，或者照人家的称呼——亲奶奶，身体很胖，相貌很丑，两道眉毛很浓，还有一点唇髭，嗓门很粗。凭她的声音和姿态，就可以看出她是这里的一家之长。集市上的几排商店和这座带圆柱和花园的老房子都是属于她的财产，但她还是每天早晨都祈祷，求上帝保佑她不会破产，并为此而哭泣。而她的儿媳妇，娜佳的母亲尼娜·伊万诺夫娜，淡黄色头发，腰身束得很紧，戴夹鼻眼镜，而且每个手指上都戴着钻石戒指。安德烈神甫是一个瘦弱的老头，牙齿全掉了，看他的表情，好像准备要讲什么很有趣的事。他的儿子安德烈·安德烈伊奇，娜佳的未婚夫，是个胖胖的漂亮青年，卷发，像个演员或画家。他们三个人正在谈论催眠术。

“你在我这里住上一星期，健康就会恢复的。”老奶奶对萨沙说，“只是你要多吃一点才好。看你都像什么样子了！”她叹了一口气，“你变得太厉害了！瞧，真的，你已经完全是个浪子了。”

“该死的挥霍掉父亲所赠的资财以后，”安德烈神甫眼睛带着笑意，慢吞吞地说，“就跟不通人性的牲口一块儿吃草了……”①

“我爱我的老爸，”安德烈·安德烈伊奇触一触父亲的肩膀说，“他是一个非常可爱的老人，善良的老人。”

大家都没有作声。萨沙忽然笑起来，并用餐巾捂住嘴。

“那么，您是相信催眠术了？”安德烈神甫问尼娜·伊万诺夫娜。

“当然，我也不能肯定我相信，”尼娜·伊万诺夫娜回答说，脸上做出很严肃甚至严厉的表情，“不过应当承认，自然界

① 参阅《新约全书·路加福音》第十五章浪子的故事。

有许多神秘的和不可理解的东西。”

“我完全同意您的意见，不过我要补充您一点：宗教信仰为我们大大地缩小了神秘的领域。”

一只又大又肥的火鸡端上桌来了，安德烈神甫和尼娜·伊万诺夫娜继续在谈话。尼娜·伊万诺夫娜手指上的钻石戒指在闪闪发光，后来是她的眼睛在发光，她激动起来了。

“我虽然不敢跟您争论，”她说，“但您也会同意，生活中有那么多解答不了的谜！”

“我敢让您相信，一个也没有。”

晚饭之后，安德烈·安德烈伊奇拉小提琴，尼娜·伊万诺夫娜则弹钢琴为他伴奏。他十年前在一所大学的语文系毕业，但没有在任何地方做过事，没有固定的工作，只是有时参加为慈善目的而举办的音乐会。城里大家都称他艺术家。

安德烈·安德烈伊奇在拉琴，大家默默地听着。桌上的茶炊轻轻地沸腾，只有萨沙一个人在喝茶。后来时钟敲响十二下，一条琴弦突然断了。大家笑起来，赶忙起身，开始告辞。

娜佳送走未婚夫后，便上楼回自己的房间去。她和母亲住在楼上（祖母住在楼下）。楼下的大厅里都熄灯了，萨沙还仍旧坐在那儿喝茶。他老是按莫斯科的习惯喝茶喝得很久，一回得喝七杯。娜佳宽衣躺在床上后很久还听见女仆在楼下收拾打扫，祖母在生气。最后，一切都安静下来了，只是偶尔听见萨沙在下面自己的房间里低沉地咳嗽几声。

二

娜佳醒来的时候大概是两点钟，天开始亮了。什么地方的更夫在打更。她已经不想睡了，床太软，躺着不舒服。娜佳像过去一样，在五月的夜晚躺在被窝里想事情，而思想也和昨夜一样，单调，毫无意思，令人厌烦。她想到，安德烈·安德烈伊奇如何地向她献殷勤，向她求婚；她如何地同意了，后来便慢慢地尊重这个善良、聪明的人。可是，不知为什么，现在当婚期剩下一个月的时候，她却开始感到害怕和不安，好像有一种模糊不清的沉重的东西在等待着她似的。

“嘀托、嘀托……”更夫在懒洋洋地打着更，“嘀托、嘀托……”

从一个大的旧窗户里可以看见花园，更远一点，有紫丁香盛开的茂密的丛林，它们都处于睡眠状态，并且由于寒冷而变得萎靡不振了。浓重的白雾浮到紫丁香上面，想把它盖住。在远处的树上，睡意蒙眬的白嘴鸦在大声啼叫。

“我的天呀，我为什么这样苦恼！”

也许每一个未婚妻在结婚前都有这种感觉吧。谁知道呢！或许这里有萨沙的影响？可是，要知道，萨沙多少年来都在说同样的话，好像念文章一样，说的时候，显得天真和奇怪。但是脑子为什么老是离不开萨沙呢？为什么呢？

更夫早就不打更了。窗口下和花园里鸟儿叫喳喳，花园里的雾也散了。春天的阳光像微笑一样，把四周围照得透亮。很快地，被太阳温暖了的整个花园，在阳光的爱抚下，已苏醒过来了，钻石般的露珠在树叶上熠熠发光。这个早已荒芜了的老花园在这个早晨却显得那么年轻、漂亮。

老奶奶已经醒了，萨沙以一种深沉的男低音咳嗽起来。可以听见下面在安顿茶炊，移动桌子了。

时钟走得很慢。娜佳早就起了床，而且在花园里散步许久了，可是早晨仍然没有过去。

瞧，尼娜·伊万诺夫娜脸上带着泪痕，手里拿着一杯矿泉水出来了。她迷信招魂术和顺势疗法。她读了很多书，喜欢谈论自己产生的怀疑。娜佳觉得，所有这一切都包含着深刻的神秘的意义。这时娜佳吻了吻母亲，同她并排走着。

“啊，你干吗哭了，妈妈？”她问道。

“昨天晚上我开始看一本描写一个老头和他女儿的中篇小说。老头在某个地方服务，不料他的上司竟爱上了他的女儿。小说我还没有看完，不过有一个地方却让人忍不住要流泪。”尼娜·伊万诺夫娜说，呷了一口杯子里的水，“今天早晨我想起来，就又哭了。”

“这些天来，我都不那么快活，”娜佳沉默了一会儿后说，“我为什么晚上睡不着觉呢？”

“我不知道，亲爱的。不过我在晚上睡不着觉时，就紧紧地闭上眼睛，瞧，就像这样，暗自想象安娜·卡列尼娜[1]怎样走路，怎样说话，或者想象古代世界的一桩什么历史故事……”

娜佳觉得母亲并不了解她，也不可能了解她。她还是生平第一次有这种感觉，甚至开始感到害怕，想躲起来。于是她就回自己的房间里去了。

两点钟，大家坐下来吃饭。这是星期三，斋戒日，所以祖母让大家吃素红菜汤和鳊鱼汤。

萨沙为了逗弄奶奶，既喝了荤汤，也喝了素红菜汤。吃午饭的时候他一直在开玩笑，不过他的笑话说得太笨，全都带有教训意义，结果变得一点也不可笑。他在说俏皮话之前，总是把他那长得像死人一样的手指举起来，这就不由得使人想到他的病很重，大概

---

① 列夫·托尔斯泰小说《安娜·卡列尼娜》中的女主人公。

他在这个世界上活不多久了。于是大家都为他难过而流泪。

午饭后，祖母便回自己房间里休息。尼娜·伊万诺夫娜弹了一会儿钢琴，随后也走了。

“啊哈，亲爱的娜佳，”萨沙开始了惯常的午饭后的谈话，“您要听我的话才好，要听才好！”

她闭上眼睛，深深地坐在老式的圈椅里。他则在房子里静静地踱着步子，从这一头走到那一头。

“您要出去读书才好！”他说，“只有受过教育的和神圣的人才是有意思的人，只有他们才是有用的人。须知，这样的人越多，天国就会越快地在人间出现。到那时，你们的城市就会慢慢地被彻底摧毁，一切都翻个个儿，一切都会变化，就像变魔术那样。到那时，这里会有庞大的富丽堂皇的大厦，奇迹般的花园，罕见的喷泉，出色的人们……可这还不是最重要的，最重要的是，我们所说的群众。现在这种样子的群众，到那时就已不再存在了。因为每个人都将会有信仰，每个人都会知道他自己为什么而活着，并且再也没有人到群众中间去寻求支持了。亲爱的，好姑娘，走吧！向大家表明：您已经厌倦了这种停滞的、灰色的、罪恶的生活。哪怕您向自己表明这一点也行！”

“不行，萨沙。我快要结婚了。”

“咳，得了吧，谁才要做这样的事呢？”

他们走进花园，散了一会儿步。

“亲爱的，无论如何您要想一想，要明白，您这种无所事事的生活是多么不道德，多么不干净。”萨沙继续说，“您该明白，比方您、您的母亲、您的祖母什么事都不做，这就意味着别人在为你们工作，你们在吞噬别人的生命。难道这样干净吗，不肮脏吗？”

娜佳想说，“是啊，这是对的。”还想说，她明白，但是，她眼睛里涌出了泪水，她突然不作声了，心里发紧，回到自己房间去了。

傍晚前，安德烈·安德烈伊奇来了，像平常那样，拉了很久的提琴。他一般是不多说话的，喜欢玩小提琴，也许是因为拉小提琴时就可以不说话。十一点钟他已经穿上大衣，要回家了。他拥抱了娜佳，开始贪婪地吻她的脸、肩膀和双手。

“亲爱的，我可爱的，我的美人！……”他小声说，“啊，我多么幸福！我快活得快要疯了！”

她却觉得，这种话她老早老早就听过了，或者是在什么地方……在一本小说里，在一本旧的、破烂的，早就被扔掉了的小说里读到过似的。

萨沙坐在饭厅的桌旁喝茶，用五个长手指头托着茶碟。奶奶在摆牌阵，尼娜·伊万诺夫娜在看书。油灯里的火噼啪作响，一切都似乎平静、顺利。娜佳道了晚安，回到楼上自己房间里，躺下后立即就睡着了。可是像前一个晚上一样，天刚刚亮，她就醒了，不想睡了，心神不定、难受。她坐起来，把头垂在双膝上，想到未婚夫，想到婚礼……不知为什么，她回想起母亲并不爱已经去世的丈夫，如今她什么都没有了，完全依靠自己的婆婆生活。娜佳怎么想也想不明白，为什么在此之前她会认为妈妈有什么特殊的、不寻常的地方，为什么会没有发现她也是一个普通的、平凡的、不幸的女人。

楼下的萨沙也没有睡着，娜佳听见他在咳嗽。她想，这是一个古怪而又天真的人，在他的幻想里，所有这些神奇的花园和不寻常的喷泉，都让人觉得有点荒诞。但是，不知为什么，在他这种天真甚至荒诞里却又有那么多美好的东西，以至于她一旦想到是否外出读书时，就好像有一股凉气沁透了她整个的心和胸，充满了快乐和兴奋感。

“不过，最好别去想，最好别去想……”她小声说，“不该去想这些。”

“嘀托……”远处什么地方更夫在打更，“嘀托……嘀托……”

三

六月中旬，萨沙忽然感到烦闷，便打算回莫斯科去。

“我不能在这个城里住下去了，”他忧郁地说，“没有自来水，也没有下水道！我怕脏，不敢吃饭，厨房里脏得无法……”

“你就等一等吧，浪子！”不知为什么，奶奶小声劝他，“七号就是婚礼了！”

“我不想等了。”

“你本来不是想在我们家住到九月份吗！”

“可我现在不想住了，我需要去工作。”

这年遇到了一个潮湿而阴凉的夏天，树木湿淋淋的，花园里的一切都不让人感到愉快，而是令人沮丧，这也实在使人想去工作。楼上楼下的各个房间里都可以听到陌生女人的说话声。奶奶房里响起了缝纫机的嗒嗒声，这是她们在赶制嫁妆。光是皮大衣就给娜佳缝了六件，其中最便宜的一件，按奶奶的说法，也值三百卢布！这种无谓的忙乱使萨沙感到不快，他坐在自己的房间里生气。不过大家都劝他留下来，于是他答应在七月一日以前不走。

时间过得很快。彼得节那天午饭后，安德烈·安德烈伊奇同娜佳一起到莫斯科街去再看一回为他们这对年轻人准备的早已租下来的房子。这是一幢两层楼的房子，不过目前只修好了上面的一层，大厅里上了色的镶木地板闪闪发光。几把维也纳式的椅子，一架钢琴，一个小提琴乐谱架，充满油漆味。墙上挂着一张有金边的大油画，画上是一个裸体女人，旁边有一个断了把的紫色花瓶。

“一幅绝妙的画，”安德烈·安德烈伊奇说，出于尊敬而叹一口气，“这是画家希什马契夫斯基的作品。”

再过去一点是客厅，有一张圆桌，一张沙发，几张套着鲜蓝色布罩的圈椅。沙发上方挂着安德烈神甫的大照片：他戴着法冠，佩着勋章。后来他们走进带餐具橱的饭厅，然后走进了卧室。这里在朦胧的光线中并列摆着两张床，仿佛在布置卧室时，就已经注意到，这里将永远是很美满的，不可能不是这样的。安德烈·安德烈伊奇领着娜佳走遍了各个房间，并一直搂着她的腰。而她却觉得自己身体衰弱、惭愧，憎恨所有这些房间、床铺、圈椅，裸体太太使她感到恶心。她很清楚，她已经不爱安德烈·安德烈伊奇了，也许，她从来就没有爱过他。可是这话怎么说出来，向谁去说呢，又为什么要说呢？她自己不明白，也无法明白，尽管她整天整夜都在想这件事……他搂着她的腰，谈得那样热情、谦虚，那样幸福，在这所住宅里走来走去。而她呢，在所有这一切中，她只看到了庸俗，愚蠢的、幼稚的和不能容忍的庸俗。搂着她的腰的那只手，她也觉得像铁箍一样僵硬和冰凉。她时刻都想跑掉，痛哭一场，从窗口上跳下去。安德烈·安德烈伊奇领她去看浴室，他碰了碰安装在墙上的水龙头，水即刻流了出来。

“怎么样？”他说，大笑起来，“我吩咐在顶间安了一个能盛一百桶水的水箱。瞧，我们将来就有水用了。”

他们穿过了院子，然后走到街道上，雇了一辆马车。灰尘像浓密的乌云一样扬了起来，好像天马上就要下雨了。

“你不冷吗？”安德烈·安德烈伊奇说，灰尘使他眯起了眼睛。

她沉默不语。

“昨天，你还记得吗，萨沙批评我们什么事也不做，”他沉默了一会儿后说，“好吧，他说得对！非常对！我什么事也不做，也做不了。亲爱的，这是为什么呢？我甚至一想到将来有朝一日额头上戴一枚帽徽，去供职，就觉得非常厌恶，这是为什么呢？为什么我一看见律师，或者拉丁语教师，或者市参议员，就觉得不自在呢？啊，俄罗斯母亲！啊，俄罗斯母亲！你还驮着多少无所事事、毫无用处的人啊！有多少像我这样的人压在你的身上啊，多灾多难的俄罗斯！”

他对自己什么事也不做这一点作了总结，认为这是一种时代的表征。

“我们将来结了婚，”他接着说，“我们就一起到农村去，亲爱的，我们将在那里工作！我们买一小块地，带有一个花园和一条小河，我们将劳动，观察生活……啊，那将是多么好啊！”

他脱下帽子，头发被风吹得扬了起来。她听着他说话，并且在想：“天哪，我想回家！天哪！”快到自己家时，他们追上了安德烈神甫。

“瞧，父亲也来了！”安德烈·安德烈伊奇高兴起来，挥动着帽子，“我爱我的老爸，真的。”他说，一面付给车夫钱，“他是很好的老人，善良的老人。”

娜佳走进屋里，心里生气，身体不舒服，心想，整个晚上都有客人，要招待他们，笑脸相陪，听小提琴演奏，听各种各样的胡诌，谈的都是婚礼的事。奶奶穿着华丽的绸子衣服，坐在茶炊旁边，神情傲慢，在客人面前总是目空一切。安德烈神甫带着狡猾的微笑走进来。

“看见您身体健康，我十分高兴和快慰。”他对奶奶说。很难弄明白，他是在开玩笑，还是说真心话。

四

风敲打着窗户和房顶，听见飕飕的声音。炉灶里，家神悲愁而又忧郁地哼着自己的歌。这时是夜晚十二点多钟。房子里大家都躺下了，但谁也没有睡着。娜佳总觉得楼下有人在拉小提琴。传来一种响亮的撞击声，大概是一块护窗板掉下去了。一分钟以后，尼娜·伊万诺夫娜穿着一件衬衫，手里拿着蜡烛进来了。

“这是什么响，娜佳？”她问道。

母亲把头发编成一条辫子，脸上露出一种胆怯的微笑。在这个暴风雨的夜晚，她显得老了，丑了，矮小了。娜佳记得不久前自己还认为母亲是个不平凡的女人，十分自豪地听她说话，而现在却怎么也想不起这些话了，而能记得的那些话，却又是那么软弱无力，毫无用处。

炉灶里传来好几种男低音的歌声，甚至似乎听见了“唉，唉，我的天哪！”娜佳从床上坐起来，突然紧紧地抓住自己的头发，痛哭了起来。

“妈妈，妈妈，”她小声说，“我的亲人，要是你知道我出了什么事就好了！我求求你，求求你让我走吧！我求你了！”

“到哪里去？”尼娜·伊万诺夫娜问道，她不知道是怎么回事，也从床上起来，“你要到哪里去？”

娜佳哭了很久，一句话也说不出来。

“让我离开城市吧！”她终于说了出来，“不该举行婚礼，也不会有婚礼了——你要明白！我不爱这个人……而且我也不想谈到他。”

“不，我的天哪，不，”尼娜·伊万诺夫娜很快地说，大吃了一惊，“你冷静一下，这是由于你心情不好引起的。会过去的。这是常有的事。你同安德烈吵嘴了吧？不过，相爱的人拌嘴，不过是开开心而已。”

“得了，你走吧，妈妈，你走吧！”娜佳痛哭起来。

“是啊，”尼娜·伊万诺夫娜沉默了一会儿后说，“不久以前你还是个小孩、小姑娘，而现在你已经是未婚妻了。在自然界，新陈代谢是常有的事。不知不觉间，你自己也要变成母亲，变成老太婆，你也将和我一样，有一个固执而任性的女儿。”

“我亲爱的善良的妈妈，你固然聪明，可你也不幸，”娜佳说，“你很不幸——你为什么要说这些庸俗的话呢？看在上帝分上，你说这是为什么呢？”

尼娜·伊万诺夫娜还想说点什么，可是一句话也说不出来，呜咽了一声，回自己房里去了。炉灶里又响起了男低音，忽然变得很骇人。娜佳从床上跳下来，急忙跑到母亲那里去。尼娜·伊万诺夫娜躺在床上哭泣，盖着浅蓝色的被子，手里拿着一本书。

“妈妈，你听我说！”娜佳说，“我求求你，你仔细想一想就会明白的！你只要明白我们现在的生活是多么的琐碎渺小，多么有失尊严就好了。我的眼睛睁开了，现在我全看见了。那个安德烈·安德烈伊奇是什么人呢？要知道，他并不聪明，妈妈！上帝啊！你要明白，妈妈，他愚蠢！”

尼娜·伊万诺夫娜猛地坐起来。

“你和奶奶都折磨我！”她说，呜咽了一声，“我还要活，要活！”她反复地说，并两次用拳头捶打自己的胸口，“请你们给我自由吧，我还年轻，我要活，而你们却要把我变成老太婆！……”

她悲痛地哭起来，躺下后，被子下面的身子缩成一团，显得那么弱小、可怜和愚蠢。娜佳回到自己的房间，穿上衣服，坐在窗下，等待天亮。她整夜坐着，想心事。外面不知什么人老在敲击护窗板，并且吹口哨。

早晨，奶奶抱怨说，昨夜花园里的所有苹果都被风刮掉了，还吹断了一棵老李树。天色灰暗、浑浊、悲凉，只好点起灯来。大家都抱怨天气冷，而且雨水抽打着窗子。喝过茶后，娜佳去找萨沙，一句话也没有说，就在墙角一张圈椅旁边跪下，双手捂着脸。

“怎么啦？”萨沙问。

“我受不了啦……”她说道，“以前我怎么能在这里生活，我真不明白，不理解。我现在瞧不起未婚夫，瞧不起自己，瞧不起所有这种无所事事的、毫无意义的生活……”

“好了，好了……”萨沙说，还不明白是怎么一回事，“这没有什么……这很好。”

“这种生活使我非常讨厌，”娜佳接着说，“我在这里连一天都待不下去了，明天我就离开这里，看在上帝分上，你就带我走吧！”

萨沙惊讶地看着她良久。他终于明白过来，并像孩子一样高兴起来。他挥起双手，用鞋踩着步子，高兴得好像要跳起舞来了。

“好极了！”他说道，搓了搓双手，“天呀，这有多么好啊！”

她则睁着一双充满爱慕的大眼睛，目不转睛地望着他，心醉神迷地等待他会对她立即说出什么具有重大意义的、无比重要的话来。他还什么也没对她说，而她却已经觉得在她面前展开了一种新的、广大的、她从前所不知道的东西，她已经充满期待地望着它，做好一切准备，哪怕是死也在所不惜。

"我明天就走，"他想了想后说，"您到车站来送我……我把您的行李装在我的皮箱里，车票我也替您买好，等到响第三遍铃时，您就上车，我们就走了。您送我到莫斯科，然后您一个人再到彼得堡去。您有身份证吗？"

"有。"

"我敢担保，您不会遗憾，不会后悔的，"萨沙兴奋地说，"您去吧，去念书吧，然后您就听从命运的安排。当您把生活转变过来时，那就一切都变了。最重要的是转变生活，其余的一切都无关要紧。那么，明天我们就走了？"

"啊，是的！看在上帝分上。"

娜佳觉得自己非常激动，心里从来没有这么沉重。现在离家之前她只好受点苦，受思索的折磨。可是她刚回到自己楼上的房间里，在床上一躺，立即就睡着了，并且睡得很熟，脸上带着泪痕，带着微笑，一直睡到傍晚。

五

雇好了出租马车。娜佳已经穿好大衣，戴上帽子，来到楼上，要再看一眼母亲和自己所有的东西。她在自己的房间里挨着还有余温的床边站了一会儿，环顾一周，然后悄悄地走到母亲跟前。尼娜·伊万诺夫娜还在睡觉，房间里一片寂静。娜佳吻了吻母亲，理了理她的头发，站了两分钟光景……随后便不慌不忙地回到下面。

外面下着大雨，马车支起了顶篷等在门口，整个都淋湿了。

"你跟他一个位子坐不下，娜佳，"奶奶说，这时女仆开始把手提箱搬上车去，“这样的天气还想去送他！待在家里吧。瞧，多大的雨啊！”

娜佳想说点什么，可又不能说。萨沙把娜佳扶上车，用方格毛毯给她盖好脚，然后自己在旁边坐下。

“一路平安！让上帝赐福给你！”奶奶在台阶上喊道，“你呀，萨沙，到莫斯科就给我们写信。”

“好的，再见，奶奶！”

“让圣母保佑你！”

“唉，这天气！”萨沙说道。

娜佳直到现在才哭起来，现在她才明白她已经走定了。当她和奶奶告辞，当她去看妈妈的时候，她总还是不相信真会走。再见了，城市！新的住宅、裸体女人和花瓶。所有这一切已不会惊吓她，不再成为负担，而是变得幼稚、渺小、越来越往后退了。当她坐在车厢里，火车开动的时候，所有这些过去那些庞大而又严肃的东西，便被压缩成一团，而那些迄今她还很少注意的巨大而又广阔的未来却扩展开来。雨点抽打着车窗，看得见的只有绿色的田野。电线杆和电线上的鸟雀一闪而过。忽然喜上心来，让她一时喘不过气来：她想到她正走向自由，去读书，这就跟许久以前人们所说的“外出去当哥萨克”一样。于是她又笑，又哭，又祈祷！

“没关系，”萨沙得意地微笑着说，“没关系！”

六

秋天过去了，接着冬天也过去了。娜佳已经十分想家，每天都想母亲，想奶奶，也想萨沙。家里寄来一封封平静、和善的信，好像一切都得到了宽恕，都已忘记了。五月份考试完了以后，她很健康，高高兴兴地回家了。中途在莫斯科下车，去看萨沙。他还是老样子，还像去年夏天一样：满脸胡子，头发蓬乱，还是穿着那件常礼服和帆布裤子，还是那双又大又好看的眼睛。但是看上去他并不健康，而是病魔缠身的样子，又老又瘦，还不停地咳嗽。不知为什么，娜佳觉得他有点灰溜溜、土头土脑的样子。

"我的天啊，娜佳回来了！"他说，高兴地笑起来，"好姑娘，我的亲人！"

他们在石印厂坐了一会儿，那里充满了烟味，而且油墨和颜料也发出呛人的气味。后来他们来到他的房间，房间里也是烟味，而且吐了许多痰。桌子上在冷却了的茶炊旁边摆着一个用黑纸盖着的破碟子。桌上和地上有许多死苍蝇。处处都可以见出，萨沙的个人生活搞得一塌糊涂，很邋遢，得过且过，非常蔑视生活的舒适。如果有人对他谈起个人的幸福，谈私生活，谈对他的爱，他会什么都不懂，只会一笑置之。

"还不错，事事顺遂。"娜佳急忙地说，"秋天妈妈曾到彼得堡来看我。她说奶奶已经不生气了，只是老到我的房间里去，在墙上画十字。"

萨沙显得很快活，但是老咳嗽，说话声音发颤。娜佳一直仔细地看着他。她不知道他真是病得很重，还是只是她的一种感觉。

"萨沙，我亲爱的，"她说，"要知道，你在生病！"

"不，我还好，是有病，但不太严重……"

"唉，我的天啊，"娜佳激动起来，"为什么你不去治病，为什么你不爱惜自己的健康呢？我亲爱的，亲爱的萨沙。"她说，眼睛里流出了泪水。而且不知为什么，她的想象里竟出现了安德烈·安德烈伊奇、裸体太太和花瓶，以及过去的一切，而这一切现在已显得像童年一样遥远了。她哭了，因为萨沙在她看来已不再像过去那样新奇、那样有知识、那样有趣了。“亲爱的萨沙，您的病很重很重了。我不知道应当怎样做，才能让您不再这么苍白和消瘦。我欠您那么多的情！您甚至不能想象，您帮了我多大的忙，我的好萨沙！实际上，您现在是我最亲近、最亲爱的人了。”

他们坐着谈了一会儿。现在，当娜佳在彼得堡过了一个冬天之后，萨沙，萨沙的话，萨沙的微笑，他的整个形态，在她看来，已是一种过了时的、旧式的、气数已尽的，或许已经进了坟墓的东西了。

“我后天要到伏尔加河去，”萨沙说，“然后再去喝马乳酒。我想喝马乳酒，还有一个朋友带着妻子跟我一块去。他妻子是一个非常好的人，我一直鼓励她，劝她出去读书。我想改变她的生活。”

他们谈了一阵之后，便坐车到火车站去。萨沙请她喝茶，吃苹果。火车开动了，他微笑着向她挥动手绢。甚至从腿上也可以看出，他病得很重，未必能活很久了。

中午，娜佳回到了自己的城市。当她从车站坐车回家时，她觉得那些街道都很宽，而房子却又小又扁，没有人，只遇见那个穿红黄色大衣的德国钢琴调音师。好像所有的房子都盖上了灰尘。祖母已经完全老了，还像以前那么胖、那么丑，她抓住娜佳的双手，把脸贴在她肩膀上，哭了很久，不能分开。尼娜·伊万诺夫娜也老了许多，难看多了，好像全身都消瘦了，不过仍旧像从前那样束紧腰，钻石戒指也仍旧在她手指上闪闪发光。

“我亲爱的！”她全身发抖，“我亲爱的！”

后来她们坐下来，还是在哭，没有说话。很明显，不论是祖母，还是母亲，都已经感觉到，过去是一去不复返了，不可逆转了：她们已没有了社会地位，没有了从前的那种荣耀，也无权在家请客了。这就像在轻松的无忧无虑的生活中，突然夜里来了警察，进行搜查，原来这家的主人盗用公款或造伪币，于是这种轻松的无忧无虑的生活也就永远结束了一样！

娜佳走到楼上，看见原来的那张床，原来的那个挂着雪白朴素窗帘的窗户，窗外也仍然是那个花园，它沐浴在阳光里，欢快、喧闹。她摸了摸自己的桌子，坐下来，想了想。她午饭吃得很好，喝了茶，吃了香甜、油腻的鲜奶油。可是好像还缺了点什么，觉得房间里空荡荡的，天花板也显得矮了。晚上她躺下睡觉，盖上被子，但不知为什么，躺在这张暖和的很柔软的床上，她觉得有点可笑。

尼娜·伊万诺夫娜来了一会儿，她坐着就像是有罪的人一样，心神不定，神色慌张。

"喂，怎么样，娜佳？"沉默一会儿后她问道，"你满意吗？非常满意吗？"

"满意，妈妈。"

尼娜·伊万诺夫娜站起来，在娜佳身上和窗户上画十字。

"而我，你知道吗，开始信教了，"她说，"要知道，我现在在研究哲学，我老是在想，在想……现在有许多东西我都像白昼一样明白了。我觉得，首先要让整个生活都过得像透过三棱镜一样。"

"告诉我，妈妈，奶奶的身体怎么样？"

"好像还好。当你和萨沙离开家，后来你打来电报时，奶奶读了电报就倒在地上了，躺了三天不能动弹。后来她老是向上帝祈祷，老是哭，现在没有事了。"

她站起来，在房间里来回走动。

"嘀托、嘀托……"更夫在打更，"嘀托、嘀托……"

"首先要使整个生活都过得像透过三棱镜一样，"她说道，"换句话说，也就是，在我们的意识里，生活应分解成最简单的成分，就像分成七种基本颜色一样，对每个成分都得分别去加以研究。"

尼娜·伊万诺夫娜还说了些什么，以及她什么时候离开的，娜佳都没有听见，因为她很快就睡着了。

五月过去，六月到来，娜佳在家里已经习惯了。奶奶在张罗茶炊，深深地叹气。每天晚上尼娜·伊万诺夫娜都在讲自己的哲学。她仍像从前那样，住在家里，像一个寄食者，花每一个钱都得向祖母去要。房子里有许多苍蝇，房间里的天花板也好像变得越来越矮了。老奶奶和尼娜·伊万诺夫娜由于害怕遇见安德烈神甫和安德烈·安德烈伊奇，因此不上街。娜佳常在花园里和街上走动，看那些房子和灰色的围墙。她觉得，城里的一切早已经老化了，过时了，只不过是在等着结束，或者是在等待一种年轻的、新鲜的东西开始罢了。啊，要是这种新的、光明的生活能早日到来就好了，那时人们就可以正直而又勇敢地面对自己的命运，意识到自己是对的，成为快活、自由的人！而这种生活迟早是要到来的！须知，那样一个时代会到来的，到那时候，像奶奶家的那种景况，即四个女仆没有地方住，只能挤在一个房间里，住在地下室里，住在肮脏的地方的景况，就不再存在，消失得无影无踪，就会被忘记，不再有人记得了。同娜佳逗乐的就只有邻院那些顽皮孩子们，当她在花园里散步的时候，他们就会敲敲围墙，笑着逗她说："新娘子！新娘子！"

萨沙从萨拉托夫寄来一封信。他用快活的跳舞似的笔迹写道：他在伏尔加河的旅行很成功，不过去萨拉托夫他害了一点病，嗓子哑了，已经在医院里躺了两个星期。她明白，这意味着什么，一种差不多是坚信不疑的预感控制了她。她感到不快的是，这种关于萨沙的预感和思想并没有使她像从前那样激动。她强烈地想要生活，要回彼得堡去。她和萨沙的交往虽然是亲切的，但毕竟遥远了，遥远地过去了！她整夜没有睡，早晨坐在窗口下，聆听着。她真的听见了下面有人说话，慌张不安的祖母正在急忙地询问什么，然后便有人哭起来……娜佳来到楼下时，祖母站在墙角祈祷，满脸泪水。桌子上放着一封电报。

娜佳在房间里来回踱步很久，听着祖母哭，后来拿起电报读了。电报通知说，亚历山大·季莫菲伊奇，或者简称萨沙，由于肺病，昨天早晨在萨拉托夫去世。

祖母和尼娜·伊万诺夫娜去教堂安排祭祷，娜佳仍在房间里来回踱步，想着心事。她清楚地意识到，她的生活已经像萨沙所要求的那样改变过来了，她在这里是孤独的，陌生的，无人需要的，她也不需要这里的一切，她与过去的一切已一刀两断，就像一切都烧掉了，消失了，连灰烬也被风吹走了一样。她走进萨沙的房间，在那里站了一会儿。

“别了，亲爱的萨沙！”她想道，在她的面前出现了一种宽广辽阔的新生活，这种生活虽然还朦朦胧胧，充满神秘，但却在吸引着她，召唤着她。

她上楼回到自己房间里去收拾行李。第二天一早便向家人告辞，朝气勃勃、欢欢快快地告别了这个城市，大概永远不会回来了。

（1903年）

图书在版编目（CIP）数据

契诃夫短篇小说集 /（俄罗斯）契诃夫著；李辉凡译 . -- 哈尔滨：北方文艺出版社，2019.7

ISBN 978-7-5317-4538-9

Ⅰ . ①契… Ⅱ . ①契… ②李… Ⅲ . ①短篇小说 – 小说集 – 俄罗斯 – 近代 Ⅳ . ① I512.44

中国版本图书馆 CIP 数据核字 (2019) 第 094883 号

契诃夫短篇小说集

Qihefu Duanpian Xiaoshuoji

作　者 /［俄］契诃夫
译　者 / 李辉凡
责任编辑 / 路　嵩
封面设计 / MAX ↑ Stream
版式设计 / 段文婷

出版发行 / 北方文艺出版社
邮　编 / 150080
发行电话 /（0451）85951921 85951915
经　销 / 新华书店
地　址 / 哈尔滨市南岗区林兴街 3 号
网　址 / www.bfwy.com

印　刷 / 北京中科印刷有限公司
开　本 / 880mm × 1230mm　1/ 32
字　数 / 157 千
印　张 / 7
版　次 / 2019 年 7 月第 1 版
印　次 / 2019 年 7 月第 1 次印刷

书　号 / ISBN 978-7-5317-4538-9
定　价 / 39.80 元